KB184451

언젠가 사라질 날들을 위하여

수만 가지 죽음에서 배운 삶의 가치

언젠가 사라질 날들을 위하여

오은경 지음

흐름출판

추천의 글

2023년 대한민국의 출생아 수는 약 23만 명, 사망자 수는 약 35만 명으로 보고되었다. 베이비붐 세대가 노년층에 진입하면서 향후 매년 사망자 수가 50만 명을 넘을 것으로 예상된다. 죽음 문제는 우리의 삶과 항상 밀접하게 연결되어 있지만, 많은 사람이 이를 남의 이야기로 여기는 경향이 있다.

저자는 병원의 일상에서 마주한 다양한 죽음의 모습을 담담하고 따뜻하게 풀어낸다. 이를 통해 삶의 의미와 본질, 그리고 우리 모두가 언젠가 마주할 마지막 순간을 깊이 성찰할 기회를 제공한다.

이 책은 죽음을 단순히 삶의 끝이 아니라, 삶을 완성하는 필수적인 부분으로 이해하도록 돕는다. 죽음에 대한 사회적 편견을 넘어, 그 순간을 준비하고 받아들임으로써 삶을 더욱 풍요롭게 살아갈 수 있다고 이야기한다. 저자는 환자, 보호자, 의료인의 다양한 시각을 통해 죽음을 둘러싼 복잡한 감정과 성장을 생생하게 그려내 독자들에게 삶을 돌아볼 기회를 선사한다.

『언젠가 사라질 날들을 위하여』는 죽음을 멀리하고 외면하는 오늘날에 죽음을 직면하고 준비하는 것이 얼마나 중요한지 일깨운다. 감동적이면서도 담담한 문체로 어려운 주제를 풀어내, 독자들에게 따뜻한 위로와 깊은 공감을 불러일으킨다. 삶과 죽음이라는 인생의 근본적인 질문에 대한 깊이 있는 성찰을 원하는 모든 독자들에게, 이 책은 소중한 시간을 선물할 것이다.

— 허대석, 《우리의 죽음이 삶이 되려면》 저자 · 서울대학교 명예교수

시간은 마치 모래처럼 손가락 사이로 흘러가지만, 우리는 매 순간 삶의 특별한 무언가를 담아내려고 노력하며 죽음을 외면한다. 저자는 38년간 간호사로 살아오면서 삶과 죽음의 경계에서 수많은 순간을 맞이했다. 이 책은 그 경험을 토대로 현대인들에게 삶과 죽음의 본질을 사유하고 죽음을 인간의 성장 과정으로 이해하도록 제안한다.

이 책은 단순히 직업인으로서의 간호사가 아니라, 인간으로서의 삶과 죽음, 사랑과 상실에 대한 기록이다. 병원의 복도에서, 침대 곁에서, 혹은 한밤중의 고요 속에서 저자가 목격하고 느낀 모든 것은 인간다움의 진정한 의미를 조명한다. 타인의 고통을 함께 짊어지고, 그들과 함께 희망과 절망을 경험한 이야기는 삶과 죽음에 대한 새로운 시각을 제시한다.

오랜 시간 삶의 소중함과 순간의 가치를 깨닫게 해준 오은경 작가의 이야기를 통해, 독자들은 자신만의 삶의 의미를 다시금 찾아볼 수 있고 죽음을 준비할 수 있다.

"지혜로운 사람에게는 삶 전체가 죽음에 대한 준비"라는 철학자 키케로의 말처럼 저자는 우리에게 언젠가 사라질 날들을 위하여 매일의 소중한 삶 속에서 좋은 죽음을 맞이할 수 있도록 돕는다. 자신의 방식대로 매일 죽음 준비를 시작하기를 권유한다.

— 박연환, 서울대학교 간호대학 교수 · 학장

일러두기

- 본문 속 의학 용어는 저자가 병원 내에서 사용한 대로 표기하였습니다.
- 본문에 등장하는 환자와 인물의 사례는 실제 사례자를 보호하기 위하여 몇 가지 정보를 변경 및 각색해 수록하였습니다.

들어가며

죽음을 사유하는 시간

죽음을 아무리 자주 이야기해도 죽음은 가까워지지 않는다.

누구도 죽음을 피할 수 없다. 삶과 죽음은 동전의 양면 같아서 떼어놓을 수 없는 숙명이다. 그렇게 죽음을 이해함으로써 두려움과 불안에서 벗어나고, 생명의 소중함과 존엄을 깨달으며, 죽음도 삶의 과정이라는 긍정적인 인식을 가지게 된다. 죽음을 대비할수록 죽음에서 더 여유로워지고 자유로워진다. 더불어 살아가면서 경험하는 여러 종류의 상실도 바르게 이해하게 된다.

우리는 죽음을 삶의 질 향상, 즉 행복한 삶의 영위라는 측면에서 진지하게 생각해야 한다. 죽음에 대해 공부하고 준비하면 더 구체적으로 자신의 죽음을 그려볼 수 있다. 따라서 우리의 남은 삶을 보다 가치 있고 충실하게 살게 한다.

우리 사회는 죽음을 외면한다. 죽음에 대해 말하기를 꺼리고 죽음을 연상시키는 것들을 부정적으로 바라본다.

죽음이 주는 공포감 때문에 4라는 숫자를 부정적으로 여기고 4층을 F로 표시한다. 객관적인 근거도 없이 단지 죽음을 떠올리게 해서다. 또 장례식은 밝은 기운을 멀리한 채 차분하고 엄숙한 분위기로만 치러진다. 고인을 잘 모르는 장례식 조문객들마저 반드시 검은 옷을 입고 참석하고 시종일관 어두운 표정을 유지한다. 역시 이유는 없다. 그냥 그래야 할 것 같아서다. 애도의 다양성을 묵살한 채 틀에 넣고 규정한다. 이런 죽음에 대한 부정적인 인식이 오히려 사람들이 죽음을 소화하지 못하게 만든다.

막연한 두려움 때문에 죽음의 긍정적인 측면까지도 완전히 부정한다. 하지만 죽음은 우리 존재의 현실을 파악하게 하고 성장하게 한다는 점에서 그저 나쁘게만 볼 수 없다.

과거 대가족으로 이루어진 친족 중심 사회에서는 자연스럽게 가족의 죽음을 지켜보았다. 일상적으로 죽음 교육이 되었다. 하지만 현대 사회에서는 대체로 미디어를 통해서만 죽음을 만난다. 실제 죽음이나 임종은 물론이고 시신을 볼 일이 거의 없어졌다. 사실 뉴스에서는 하루가 멀다고 수많은 죽음 소식이 들려온다. 하지만 화면을 통해 만나는 죽음은 아무리 안타깝고 슬퍼도 '남의 죽음'이다. 여러 재난과 사건, 사고를 겪으면서도 죽음은 철저히 타자화된다. '그들'이 죽었을 뿐이다. 프랑스 철학자 블라디미르 장켈레비치는 이를 3인칭의 죽음이라고 명명하며, 우리가 2인칭의 죽음('너의 죽음')에 진입했을 때 비로소 죽음을 경험한다고 했다. 하지만 그조차도 이내 잊힌다. 그렇다고 그것이 정말 남의 일이기만 한가? 죽음을 타자화하기에는 모두의 곁에 죽음이 머문다. 이제는 남이 아닌 나의 죽음으로 치환할 때다.

인간의 삶은 죽음에 이르러 마침내 끝을 맺는다. 죽음은 삶을 완성하는 한 과정이다. 그러나 대개는 삶을 추구하면서도 애써 죽음을 외면한다. 죽음이 두렵다면 삶으로 사유해도 좋다. 다른 사람에게 어떻게 기억되고 싶은지를 생각해 보라. 그러면 죽음을 조금 더 선명하게 그려볼 수 있다. 그리하여 삶까지도.

내가 계속해서 죽음의 이해를 강조하는 이유는 사실 당신이 조금 더 나은 삶을 살기를 바라서다. 죽음을 어떻게 이해하느냐가 어떻게 살 것인가를 결정한다. 시한부 판정을 받고 절망과 괴로움으로 남은 삶을 흘려보내는 사람도 있지만 남은 시간을 받아들이고 마지막까지 자신을 잃지 않는 사람도 있다.

죽음은 인간의 성장 과정이다. 곤충학자인 찰스 카우만은 1년 동안 나방의 한살이*를 관찰 연구하다가 중요한 사실을 발견한다. 카우만은 나방이 작은 고치 구멍을 빠져나오기 위해 몸부림치는 것을 보고 안쓰러움에 핀셋으로 고치 구멍을 조금 열어주었다. 그런데 쉽게 고치를 빠져나온 나방이 찌부러진 상태로 바닥을 맴돌기만 하고 날지 못했다. 카우만은 나방이 작은 구멍을 빠져나오기 위해 애쓰는 동안 그 몸통에 있던 액체가 흘러나와 날개를 적시고 그 과정에서 날개가 단련되어 힘을 얻는다는 사실을 미처 몰랐던 것이다.

고치 상태에서 벗어나는 일을 인간의 죽음에 비유할 수 있을까? 고통을 통해 성장한다는 사실은 생물학적인 성장뿐만 아니라 인간의 삶에도 적용된다. 인간은 죽음이 주는 직간접적 고통을 모두 두려워한다. 하지만 그 아픔마저도 우리를 성장케 한다는 사실을 부정할 수 없다.

건강하게 오래 살다 좋은 내세에 태어나기를 바라는 것이 한국인의 전통적인 생사관生死觀이다. 그러나 삶의 끝을 준비하는 태도 역시 중요하다. 좋은 죽음은 역시 준비된 죽음이다.

* 세상에 태어나 죽을 때까지의 동안.

좋은 죽음이 어떤 것이고, 어떻게 죽음을 맞을지를 나는 매일 아침 생각한다. "지혜로운 사람에게는 삶 전체가 죽음에 대한 준비"라던 철학자 키케로의 말을 떠올리면서 말이다.

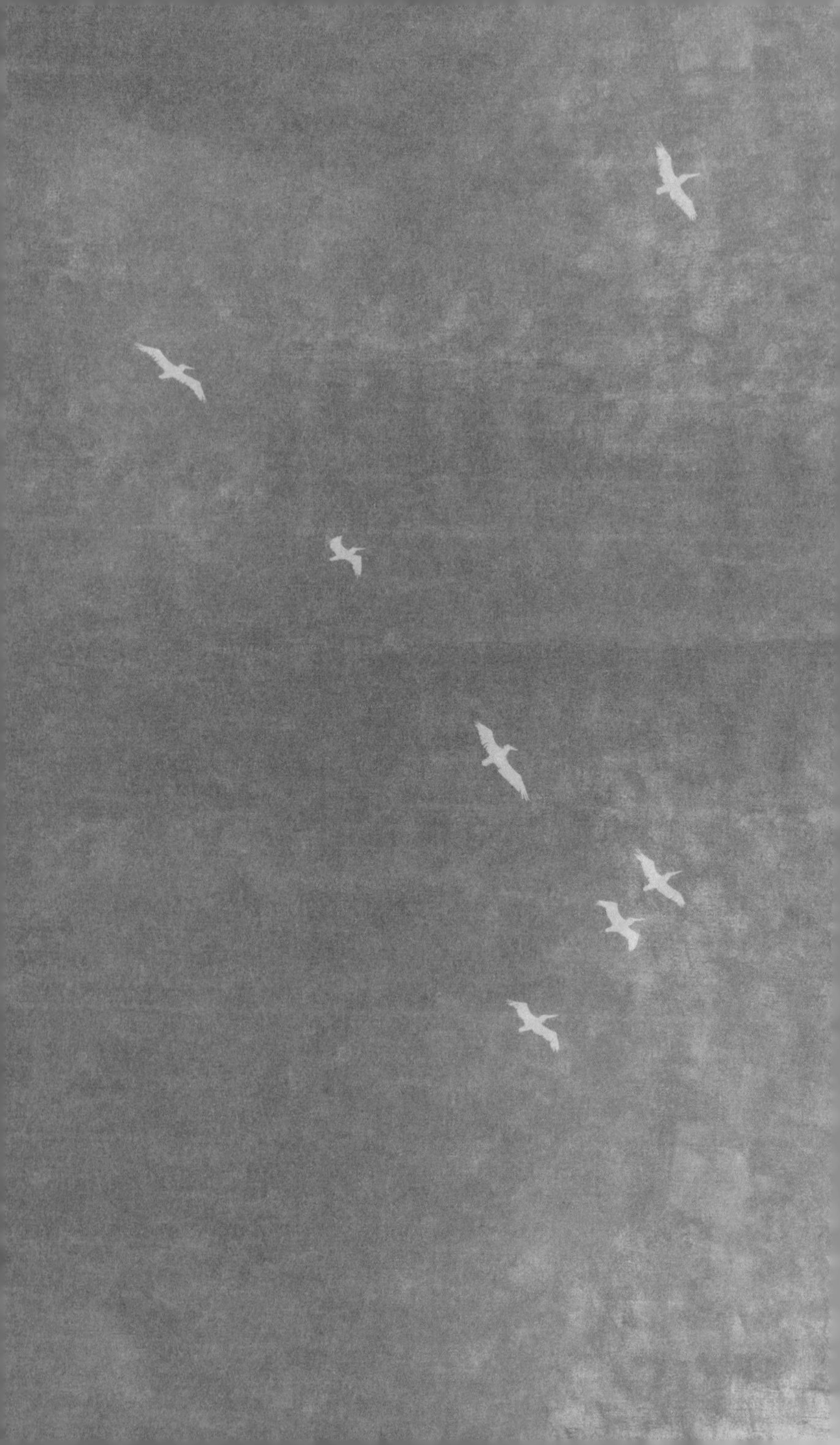

차례

2장 살아있는 자의 무게

3장 죽음과 삶의 파수꾼

4장 더 나은 생을 위하여

1장

죽은 자로 하여금

긴 밤,
죽음은 인사도 없이 찾아온다

입원병동이 있는 병원에서 근무하는 간호사는 환자를 24시간 보살피기 위해 8시간씩 교대 근무를 한다. 데이(낮), 이브닝(저녁), 나이트(밤)로 나뉘는데 이를 3교대 근무라고 한다. 그렇다고 근무 내용이 정확히 3등분한 것처럼 나뉘지는 않는다. 근무 시간별로 업무 내용이 약간씩 달라서 신규 간호사 오리엔테이션* 때 데이, 이브닝, 나이트를 모두 경험하게 한다. 또한 간호사는 담당 환자의 상태를 다음 근무조 간호사에게 인계해야 일이 끝나기 때문에 환자의 상태를 정확히 파악하고 있어야 한다.

당직과 나이트는 다르다. 당직은 잠을 자거나 긴 휴게 시간을 가질 수 있고 밤사이(또는 휴일)에 발생하는 일만 대처하면 된다. 의사, 방사선사, 사무행정직 등은 교대 근무가 아닌 당직을 선다. 하지만 나이트 근무를 서는 간호사들은 밤새 9시간가량을 동동거리며 일해야 한다. 병원마다 근무 형태도 각기 다르다.

1980년대 초반, 신경외과 병동 간호사로 발령받았다. 정규 발령 전 임상 경험이 전무했던 오리엔테이션 기간이었다. 간호사가 되기 전까지 나는 밤 한번 꼴딱 새워본 적이 없었는데, 그런 이유에서 밤샘 근무에 약간의 불안감과 압박감을 느꼈다.

나이트 근무를 서기 전에 이브닝 근무 간호사에게 환자의 정보와 이벤트, 알아둘 점 등을 인계받는다. 그다음 내가 인계받은 내용과 달라진 점이 생겼는지를 확인하기 위해 배정된 환자들의 병실을 차례로 순회한다. 이때 환자들이 그날 배변

* 병원마다 차이는 있겠으나 간호사 오리엔테이션은 한 달가량 프리셉터(교육간호사)의 지도 및 참관 아래 모든 업무를 해보도록 하는 것이다. 이때 업무를 익힌다.

을 했는지도 확인한다. 장기 입원 환자가 많은 다인용 병실*의 환자들은 내가 묻기도 전에 먼저 알려주기도 한다.

"했어."

"난 아직 못 봤어요."

이렇게 먼저 표현해 주는 환자가 있으면 고맙다. 배변 체크가 뭐 그리 대수인가 싶겠지만, 배변 활동은 가장 기본적인 생리 현상이다. 배변 여부를 확인하고 그로 인한 불편과 문제를 해결하는 일이 우리에게는 중요하다. 한차례 빠르게 병실 순회를 돌며 환자들의 상태를 확인했으면, 자정 전까지 바이탈vital**과 의식을 체크한다. 밤사이 환자의 상태가 어떻게 변화할지를 새벽 바이탈과 비교하기 위해서다. 이미 잠든 환자들에게는 조심스레 손전등을 비추어 측정하고 확인한다.

그날 나는 나이트 근무 오리엔테이션 중이었다. 자정이 넘어가고 있었다. 다른 환자의 혈압을 재고 있는데 간호사실의 콜벨이 울렸다. '복도 맨 끝방에 계신 분이 진통제를 요구하시

* 입원 기간이 길어지면 병실료(입원료) 부담이 커져서 다인용 병실로 많이 옮긴다. 다른 치료비는 줄일 방도가 없으니 병실료라도 줄이고 싶은 것이다. 병동에서는 신청한 순번에 따라 배정한다.

** vital signs. 활력 징후라고도 부르며 혈압, 맥박, 호흡, 체온을 말한다.

구나.' 하고 하던 일을 멈추고 달려갔다. 역시 복도 맨 끝방의 환자였다.

그녀는 자궁경부암 환자였다. 재수술이 불가능할 정도로 암 덩어리는 커졌고 그 커진 암 덩어리가 척추와 다리를 짓눌러서 혼자서는 움직일 수도 없었다. 다리는 퉁퉁 부었고 통증은 극심했다. 치료를 위한 다른 방도가 없으니 통증이라도 줄여주는 게 최선이었다. 다음 날 아침, 신경 차단 수술이 예정되어 있었다.

"저… 진통제 좀 주세요."

신음과 함께 내뱉어진 목소리는 꺼져가는 듯 미약했다. 당시에는 지금처럼 정맥주사용으로 나온 마약성 진통제가 병원에 없었다. 그나마 환자에게 처방된 약 중 가장 강력한 진통제를 주사하려는데 그제야 환자의 몸 상태가 보였다. 엉덩이와 허벅지는 울퉁불퉁 돌덩이 같고 어깨의 삼각근은 몹시 야위었다. 도저히 그 어깨에 21G(게이지)의 두꺼운 주삿바늘을 꽂을 용기가 나지 않았다. 순회 때 이불을 들추어보지 않아서 그녀의 상태가 얼마나 심각한지 몰랐던 것이다. 바늘을 더 짧고 가는 것으로 준비했어야 했다. 학생 때 동기들끼리 돌아가며 근육주사를 놓아보고, 데이 근무 때 환자분들의 협조하에 엉덩이에 근육주사를 놓아보긴 했으나 이런 경우는 처음이었다.

그녀를 간병해 온 남편은 이 상황이 익숙한지 덤덤하게 그녀에게 "이제 곧 괜찮아질 거야."라고 말하며 잠잘 준비를 했다.

나는 간신히 그녀에게 진통제를 주사했다. 고통스러운 신음소리가 사그라질 기미가 보이지 않았다. 그녀를 두고 병실을 나오려니 발걸음이 무거웠다. 언제부터, 얼마나 오래 고통 속에서 지냈을까? 병실을 나오자마자 그녀의 의무 기록을 확인했다. 의무 기록에는 환자의 삶, 그리고 투쟁의 흔적이 들어 있었다. 얼마나 오래 고통을 감수했는지, 또 좋았다가 나빠졌는지가 보였다.

그녀는 오랫동안 투쟁했으나 이젠 그 투쟁조차 불가했다. 나는 그녀의 기록을 살펴보며 마음이 짓눌리는 듯한 무게를 느꼈다. 어쩐지 예감이 좋지 않았다. 4년간 간호학을 공부하며 예감, 촉, 느낌보다 과학적 증거와 객관적 자료에 근거한 결정이 중요하다고 배웠다. 객관적으로 환자의 바이탈은 정상 범위 안에 있었고 의식도 명료했다. 게다가 당장 몇 시간 뒤에 수술이 예정되어 있었다. 진통제를 두어 번만 더 주면 고통도 견딜 만해질 거라고 애써 나의 불안을 가라앉혔다. 나는 한편으로는 이렇게 생각했다.

'그래도 내일 수술까진 별일 없겠지.'

정신없이 환자들을 살피고 간호인지 노동인지 모를 수많은 일을 처리하며 밤새 단 10분도 제대로 앉지 못했다. 챠팅*을 할 때만 잠깐 앉았다. 정신없이 주어진 일을 처리하는 동안에는 '이 일을 계속할 수 있을까?'를 생각할 겨를조차 없었다. 그렇게 한달음에 새벽이 왔다.

새벽 5시에는 다시 모든 환자의 바이탈을 체크한다. 그들이 밤새 안녕했는지를 확인한다. 효율적으로 움직이기 위해 간호사실에서 가까운 병실부터 차례로 시작하지만, 그녀가 마음에 걸려 곧장 맨 끝 병실로 향했다. 밤새 여러 번 상태를 살피고 주사도 놓았지만 마음 한편이 계속 불편했던 탓이다.

"견딜 만했어요."

다행히 진통제가 어느 정도 반응한 모양이었다. 그녀가 희미하게 웃어 보였다. 심한 고통에 지쳤을 법도 한데 맑은 얼굴을 하고 있었다. 오랜 병치레에 조금 누렇게 뜨기는 했지만 붓기도 없고 이목구비가 또렷했다. 내심 안도하며 바이탈을 재면서 수술 전에 할 일을 그녀에게 설명했다.

"소변줄을 끼우고 수술 전 처치를 위한 주사도 맞을 거예

* 환자의 정보를 기록하는 것.

요. 환의가 지저분하면 새것으로 갈아입기도 해야 하니 이따 다시 올게요."

그녀의 남편은 고단했는지 곤히 잠들어 있었다. 수술장에 가려면 적어도 두 시간은 더 있어야 하니 당장 보호자를 깨울 필요는 없었다. 나는 이따 뵙겠다는 말과 함께 다른 환자들의 바이탈을 재러 갔다. 수액을 확인하고 주사를 놓고 바삐 움직이다 보니 시간은 다시 정신없이 흘렀다.

수술을 앞둔 환자에게는 준비가 필요하다. 요즘에는 수술장에서 마취 후 소변줄을 끼우지만 그땐 병실에서 미리 끼우고 수술장으로 보냈다. 나는 두 시간도 안 되어 다시 그녀를 찾았다. 소변줄을 끼우려면 보호자의 도움이 필요했다. 바이탈을 체크할 때는 조용히 병실로 들어섰지만 이번에는 보호자를 깨울 요량으로 문을 열며 "○○○ 님." 하고 환자의 이름을 불렀다.

그러나 대답이 없었다. 표정도 없었다. 나를 반기는 건 '잠'과는 다른 적막이었다. 환자가 숨을 쉬지 않았다.

당시 나는 오리엔테이션 중이었다. 게다가 나이트 첫날이었다. 죽어가는 사람도, 죽은 사람도 본 적 없었다. 사망 환자를 어떻게 대해야 하는지도 몰랐다. 찰나였지만 사고 회로가 멈춘 듯했고 영겁이 지난 것만 같았다. 하지만 나에게는, 그러니까 간호사에게는 머뭇거릴 시간이 없었다. 생각할 겨를도 없었다. 당직의가 있는 당직실의 문을 발로 쾅쾅 차면서 "CPR*!"을 외쳤다. 당직의가 러닝셔츠 차림으로 달려 나왔다. 자신의 차림새를 신경 쓸 겨를도 없이 당직의는 CPR을 시작했고, 선임 간호사**와 함께 고군분투했지만 환자의 호흡과 심장은 돌아오지 않았다. 아침 첫 번째 타임 수술을 앞두고 있었다. 정말 곧 수술이었다. 그러나 그녀는 결국 그 수술을 받지 못했다.

그녀의 죽음이 내가 간호사로서 경험한 첫 죽음이었다. 죽음은 허무했다. 또 허탈했다. 선배 간호사를 도와 정맥주사 바늘을 빼고 환자의 몸에 묻은 피를 닦았다. 몸을 가지런히 정렬하고 베개를 다시 베어주어 얼굴에 피가 몰리지 않게 했다. 사후 처치를 위해 손발은 바삐 움직였으나 마음은 허둥거렸다. 눈물은 나지 않았다. 대신 마음 한구석이 소리 없이 무너져 내리는 선명한 감각을 느꼈다. 깊은 허무가 몰려왔다.

'사람이 이렇게 죽구나. 조금 전까지만 해도 사람이었는데

* cardiopulmonary resuscitation. 심폐소생술. 호흡과 심장박동이 멈추었을 때 실시하는 응급 처치.

** 3교대 중 한 듀티를 책임지고 8시간 동안 한 팀을 총체적으로 이끄는 간호사.

이젠 시체가 되었구나.'

도저히 이해할 수 없었다. 내가 뭘 잘못한 거지? 그 사이 무슨 일이 있었지? 어떻게 하는 게 옳았을까? 혹시 환자가 나에게 어떤 신호를 보냈는데 내가 못 알아들었나? 어디서부터 잘못된 거지? 내가 놓친 부분은 없는지 끊임없이 되뇌다 보면 말미엔 이런 질문에 이르게 된다.

'나 때문일까? 내가 조금만 더 일찍 발견했더라면 살았을까? 나보다 노련한 간호사가 그 환자를 돌봤더라면 죽지 않았을까?'

이것은 어떤 죽음인가. 사고사인가, 자연사인가, 병사인가? 불의의 죽음인가, 애석한 죽음인가 아니면 고통에서 영원히 벗어난 좋은 죽음인가? 슬퍼해야 하나, 후회해야 하나, 자책해야 하나, 안도해야 하나?

질문은 꼬리에 꼬리를 물고 길어진다. 우리는 죽음조차도 굳이 어떤 죽음인지를 가르고, 좋고 나쁨을 나누려 한다. 그것이 망자에게 어떤 영향을 끼치고 남은 자의 삶에 무엇으로 남을지는 알 수 없다. 물론 천수를 다 누리고 평안히 생명이 다하면 좋은 죽음일 것이다. 하지만 누구나 그런 죽음을 맞을 수는 없다. 죽음은 느닷없다. 어서 오라고 맞이할 새도 없이, 나의 의지와 상관없이 찾아오는 손님이다.

나는 간호사라는 직업을 완전히 이해하기도 전에 환자의 죽음을 겪었다. 그래서인지 오랫동안 그녀의 얼굴을 잊을 수 없었다. 그 죽음은 나에게 불안의 씨앗을 심어주었다. 그날 이후 나는 나이트 근무를 할 때마다 극도의 긴장 상태에 빠졌다. 환자가 아무리 안정적인 상태여도, 곤히 잠들어 있어도 그들에게 죽음이 찾아올 수 있다는 공포를 느꼈다. 아무리 바빠도 20~30분마다 병실을 순회하며 환자들이 무사한지를 강박적으로 확인했다. 그러지 않고는 도저히 견딜 수 없었다. 보호자들은 간호사가 자주 얼굴을 비추니 안심된다고 좋아했다. 하지만 나에게 나이트 근무는 지옥과도 같았으며 죽음의 릴레이였다. 말 그대로 헬 나이트(간호사들은 몹시 바쁜 나이트 근무를 그렇게 표현한다)였으므로 몸이 견딜 수 없을 지경이었다. 병실을 순회하며 환자들이 숨을 제대로 쉬는지 확인하는 동안 나는 겁에 질려 있었고 그만큼 길고 고된 시간을 홀로 견뎌야 했다.

죽음 앞에서 여전히 미숙하기만 한

의학과 의료 기술은 눈부시게 발전했다. 그에 따라 병원 환경과 여건도 놀라울 만큼 향상되었다. 지금은 환자의 상태에 따라 내과·외과·신경·호흡기·심장·소아·신생아 등으로 중환자실의 종류도 다양해졌다. 병상도 늘어 중한 수술 후에는 거의 루틴처럼 중환자실에 머물며 적합하고 훌륭한 치료를 받고, 보다 안정된 상태로 환자를 병동으로 옮긴다.

그러나 내가 신규 간호사였던 1980년대 초반에는 지금과는 상황이 사뭇 달랐다. 그때는 신경외과 중환자실이 따로 없었다. 외과계 중환자실에도 침상이 몇 개밖에 없었고, 침상이 적으니 당연히 환자를 많이 수용할 수도 없었다. 그 침상을 주로 심장 수술 환자들에게 배정했으므로 중환자실 입실이 그야말로 하늘의 별 따기였다. 그러니 개두술(머리를 절개하여 뇌를 노출시키는 수술)을 하고도 중환자실에서 케어받지 못하고 일반 병동으로 옮겨지는 경우가 생겼다.

열악한 시스템에서는 어쩔 수 없이 용감해져야 한다. 중환자실에서는 간호사 한 명이 1~3명의 환자를 담당하기 때문에 집중 치료와 관찰이 가능했다. 하지만 내가 일했던 일반 병동에서는 적게는 17명에서 많게는 20명의 환자를 혼자 돌보아야 했다(병원에 따라 더 많은 환자를 보기도 했다). 복합적인 이유로 인한 구조적인 문제임을 알지만 간호사 혼자 그 환자들을 다 감당하려면 엄청난 압박감을 느꼈다.

개두술 후 머리를 탄력 붕대로 칭칭 감고 일반 병동으로 옮겨지는 환자를 대할 때는 이루 설명할 수 없이 두려웠다. 그럼에도 불구하고 간호사는 할 일을 해야 했다. 특히 수술 후에는 환자 상태 모니터링, 상처 관리, 수액 관리 등 해야 할 일이 많았다.

그날도 어김없이 나이트 근무 중이었다. 10시간의 긴 수술을 마친 환자가 회복실에서 꽤 오랜 시간 머물다가 늦은 밤이

되어서야 병실로 올라왔다. 지금 같으면 중환자실로 옮겨졌을 환자였다.

그 환자는 30대 초반 여성으로 아이가 둘이었다. 머리에 꽤 큰 종양이 있었고, 초기 진단을 받았던 병원에서는 개두술을 하지 않아 대학병원으로 옮겨졌다(당시에는 개두술을 시행하는 병원이 몇 군데 없었다). 그녀에 대한 정보는 그녀가 수술장에서 병실로 오기 전 간호정보조사지에서 습득한 것이 전부였다. 그전까지는 얼굴 한 번 본 적 없었고, 당연히 이야기 한 번 나눈 적 없었다.

요즘엔 개두술 후 그물망 같은 것을 씌운다. 하지만 1980년대에는 탄력 붕대로 수술 부위(머리)를 꽁꽁 싸맸다. 수술 후 몇 시간이 지나면 탄력 붕대로 감은 이마 밑, 특히 눈두덩이가 퉁퉁 부어 눈을 뜨기조차 힘들었고, 입에는 기도삽관*이 되어 있어 말도 할 수 없었다. 신음소리조차 낼 수 없었다.

"눈 떠보세요!" 소리치면 눈을 뜨려고 애쓰는 모습과 "손잡아 보세요!" 하면 약하게 손잡는 시늉을 하는 것으로 나는 환자의 의식과 양쪽 팔의 마비 여부, 마비 정도를 확인했다. 그때

* 기도(숨길)를 확보하기 위해 긴 호스를 연결해 숨을 쉴 수 있게 한다.

만 해도 신참내기였기 때문에 신체적 간호만을 중요하게 여겼다. 내가 배운 모든 지식과 기술을 동원해서 완벽하게 석션하고, 발바닥에 불이 나도록 뛰어가서 석션, 또 석션하고 호흡음을 청진했다. 내가 보고 확인할 수 있는 건 다 보고 확인했고, 그게 내가 할 수 있는 최선이었다.

'아, 폐는 깨끗해. 그럼 됐고, 소변도 잘 나와. 바이탈도 괜찮아. 수술 부위에 밖으로 보이는 출혈도 없어. 좋아.'

그런데 개두술 환자가 어느 순간부터 내가 옆에만 가면 자꾸 헛손질을 하며 나를 잡으려 했다. 퉁퉁 부은 눈을 억지로 뜨고 나에게 무슨 말을 하고 싶어 하는 눈치였다. 기도삽관을 하고 있었으므로 당연히 말을 할 순 없었다. 의사 표현을 돕기 위해 손바닥에 글자를 써보라고 내밀었지만, 큰 수술을 마친 환자는 손가락으로 글자를 만들 힘조차 없었다.

"아프세요? 혹시 남편분이 보고 싶으세요? 아이들이 보고 싶으세요?"

그녀가 하는 이야기를 들을 수 없으니 도리어 내가 질문을 건넸다. 그녀의 남편은 아직 어린 아이들을 돌보아야 했으므로 환자의 곁에 없었다. 그래서 막연히 그녀가 찾는 것이 가족이겠거니 추측할 뿐이었다.

"아침에 가족이 올 거예요. 날이 밝으면 올 거예요."

나는 가족이 곧 올 거라는 이야기를 반복하며 나에게 주어진 신체적 간호에만 열중했다. 내가 해야 한다고 생각하는 일을 했다. 아침이 되도록 그랬다.

그날 밤, 나이트 근무를 위해 다시 출근했다. 그런데 나를 기다리고 있던 것은 개두술 환자의 사망 소식이었다. 그 소식을 듣자마자 '남은 아이들을 어떻게 하나?' 하는 생각과 동시에 그녀가 나에게 보낸 신호가 어쩌면 마지막으로 아이들을 보게 해달라는 부탁이었을지도 모르겠다는 생각이 들었다.

신체 돌봄에 치중한 나머지, 그러니까 의식이 있는지, 호흡음이 깨끗한지, 욕창이 안 생기는지, 소변이 잘 나오고 바이탈은 괜찮은지만 보다가 환자가 진정으로 원하는 바를 보지 못했다. 어쩌면 알고 있었는데도 내가 모른 척한 것일지도 모른다.

'나 간호사 맞아?'

그녀가 나의 손바닥에 쓰려 한 내용이 무엇인지 알 수 없더라도 정확히 확인해야 했다. 그 죽음에 대한 죄책감과 그녀를 애도해야겠다는 마음이 강하게 들어, 근무가 끝나고 장례식장을 찾았다.

내가 본 그녀의 얼굴은 탄력 붕대를 머리에 감고, 기도삽관을 한 모습이 다였다. 그러나 영정 사진 속에서는 말끔한 얼굴로 맑게 웃고 있었다. 내가 못 봤던, 본 적 없던 얼굴이었다. 그 얼굴 앞에 꿇어앉자 그제야 주체할 수 없이 눈물이 쏟아졌다. 내가 할 수 있는 거라곤 참회가 전부였다.

"내가 너무 미숙한 간호사여서 미안합니다. 당신에게 미안하고 또 여러 다른 환자들에게도 미안합니다. 당신의 애절한 부탁을 몰라줘서 정말 미안합니다. 나는 최선을 다한다고 했지만 결국 당신을 아프게 해서 미안합니다. 지금까진 신체적인 것만, 검사 수치들만 봤지만 앞으로는 마음을 살피는 것을 잊지 않도록 노력하겠습니다. 당신 앞에서 다짐하겠습니다."

밤새 정성을 다해 간호했을지라도 환자가 죽음에 이르렀다면 나는 무엇을 했다고 볼 수 있는가? 결과가 좋지 않은데 선뜻 최선을 다했다고 말할 수 없었다. 환자가 어떤 마음인지, 또 진정으로 원하는 바가 무엇인지를 고려하지 않고 '할 일'만 해댄 나는 어쩌면 무정한 간호사였을지도 모른다.

그 후로 몇 번이고 자신에게 물었다. 영정 앞에서 했던 약속을 제대로 지키고 있냐고. 당시 나는 애도가 무엇인지, 또 어떻게 해야 하는지 몰랐다. 환자의 죽음을 겪을 때마다 내가 할 수 있는 일이라곤 자신을 몰아세우고 자책하는 것뿐이었다. 하지만 아이러니하게도 그때부터 임상 현장에서 은퇴한 지

5년이 흐른 지금까지도 그날의 기억은 나에게 어떤 흔적을 남겼다. 여전히 나를 채찍질하고 겸손하게 만들며 간호가 무엇인가에 대한 화두를 남긴다.

낯선 이의 주검

낯선 사람의 주검을 직접 본 적이 있는가? 보았다면 언제 보았고, 어떤 기분이었는가? 무서웠는가, 끔찍했는가? 고개를 돌렸는가, 도망쳤는가? 구역질을 하거나, 눈앞이 캄캄해졌다던가, 아무렇지 않았을 수도 있다.

아주 어렸을 적 나는 기찻길 근처에서 살았다. 초등학교에 입학하기 전이었는데, 혼자 기찻길에 갔다가 그곳에서 사람의 시신을 보았다. 그때는 웬만한 것은 가마니로 덮어 처리하던 시절이었다. 그 시신도 가마니에 덮인 채 버려져 있었다(내가 보기에는 그랬다). 가마니의 길이가 몸에 비해 짧아 발목이 삐

죽 나와 있었다. 발목에는 자줏빛과 검푸른 빛이 돌았고 가마니 밑으로 땅에는 검은 액체가 흘러나왔다.

그때는 죽음이 무엇인지 몰랐다. 죽은 사람을 보는 것도 처음이었기 때문에 무섭기보다는 호기심이 더 컸다. 겁도 없이 가까이 다가가서 보니, 한쪽 발에만 신발이 신겨져 있었다. 발의 크기로 보아 남자였다. 종아리부터 얼굴까지 덮어둔 가마니를 차마 들추어 볼 용기는 없었다. 시신 근처를 서성이다가 아무 일 없었다는 듯 나는 다시 집으로 돌아갔다.

생각해 보면 죽음은 언제나 보기보다 가까이에 있었다. 집 근처 기찻길에서, 매일 건너던 횡단보도에서, 할머니 병문안을 가던 병원에서, 같은 아파트에 살던 이웃에게서 죽음이 일어났다. 죽음의 곁을 우연히 지나쳤으나 알아차리지 못했을 수 있고, 정면으로 응시하게 되어 그 순간에 오랫동안 시달릴 수도 있다. 운이 좋다면 낯선 사람뿐만 아니라 가족, 지인의 죽음을 비교적 늦게 만난다. 하지만 결국엔 우리 앞에 예상치 못한 형태로 당도한다는 사실만큼은 부정할 수 없다.

기찻길에서 본 그 남자는 어쩌다 죽음에 이르렀을까? 자의로 기차로 달려들었을 수도 있고, 불의의 사고였을지도 모른다. 이유가 무엇이든 나는 그 남자의 죽은 몸이 버려져 있었다는 생각을 떨칠 수 없었다. 좋은 수의를 입고 양지바른 자리에 묻히는 죽음이 있는 반면, 어떤 죽음은 그렇게 기찻길 옆에 아무렇게나 버려져 있기도 하다.

신기한 점은 그 어린 날의 기억이 나를 간호사로, 호스피스로 이끈 것 같다는 생각을 종종 한다. 우연히 마주친, 생각보다 가까운 죽음이 내 안에 뿌리 내린 것이다.

신경외과는 특성상 사망에 이르는 사람보다 식물상태로 머무는 환자가 더 많았다. 의식은 돌아왔으나 정신이 온전치 못하거나, 편마비(오른쪽 혹은 왼쪽 마비) 후유증을 겪는 환자도 흔했다. 수술 직후 뇌부종이 심해 두개골을 닫지 못하고 병실로 오는 환자를 두고는 '뚜껑 열고 온다.'고들 표현했는데, 이 경우에는 부종이 빠지면 두개골이 없는 부위가 움푹 들어간 형상을 한 경우도 있었다.

어떤 보호자는 치료의 결과가 식물상태일 줄 알았다면 그때 그냥 죽게 둘걸 그랬다고 한탄한다. 환자의 가족이 겪어야 하는 경제적인 부담과 간병에 대한 압박이 엄청났으므로 환자를 살리려 애쓴 의료진의 입장에서도 그 마음이 이해가 안 되지는 않았다. 생명을 살렸다는 숭고함보다는 그 생명을 책임져야 하는 가족들의 사정과 현실이 더 안타까웠다.

후유증이 남는 환자를 돌보는 일은 경우에 따라 식물상태의 환자보다 더 고되다. 막 걷기 시작한 돌쟁이 아기를 따라다니듯 매사 참견해 챙기고 안전을 위해 전전긍긍하며 지내니, 가족 구성원 전체가 환자 한 명에게 매이기도 한다. 경제적으로는 또 어떤가? 환자와 간병 가족 두 몫의 벌이가 없어지는 꼴이라 한 가정의 경제가 파탄 난다. 2010년부터 건강보험에서 의료비의 본인부담률이 암환자는 20퍼센트에서 5퍼센트로, 뇌졸중 환자는 10퍼센트로 인하되어 그나마 다행이었다. 한 사람이 아파 가족 전체가 망가지는 사례를 간호사 생활을 하는 동안 너무 많이 보았기 때문이다.

지금껏 내가 만난 환자는 몇 명이나 될까? 그중 죽음을 맞은 사람은 몇이고, 내가 직접 임종 때 주검을 대면하고 보내드린 사람은 얼마나 될까? 수많은 환자를 만났고, 또 이별했지만 유독 기억에 남는 환자가 하나 있다. 낯설고 이상한 감각으로 기억의 서랍에서 도저히 사라지지 않는 60대 후반의 남자다.

신경외과 병동에서 일하던 1년 차 간호사 시절, 나는 간신히 신규 딱지만 뗐을 뿐 다양한 병원 환경과 상황에 능숙히 대처하지는 못했다. 그 무렵 그는 인공호흡기를 달고 중환자실에서 신경외과 병동으로 옮겨졌다. 마침 옆 침대가 비어 있어서 그 환자 혼자 2인용 병실을 썼다. 인공호흡기는 기계도 크고 기계호흡음도 컸다. 그 병실을 함께 쓰는 환자가 있었다면 분명 항의가 빗발쳤을 것이다. '쉬~익 쉭!' 커다란 기계가 쉴 새 없이 내는 호흡음은 누군가에게는 공포의 대상이었으니 말이다.

지금은 크기도 많이 작아졌고 소음도 훨씬 작은 가정용 인공호흡기 기계가 나왔고, 그 덕에 가정에서 사용하는 환자도 천 명 이상이다. 하지만 그때는 워낙에 기계가 커서 일반 병실에서는 다루지 않았다. 인공호흡기는 중환자실에서나 볼 수 있었다. 인공호흡기를 단 그 환자의 모습이 당시의 나에겐 생경하기만 했다.

환자가 병실에 오면 간호사들은 초기 자료 확보를 위해 바이탈과 의식 체크부터 한다. 환자가 올라왔다는 환자운반원의 소리에 가보니 환자는 이미 손발에 청색증이 심했고 동공은 열린 상태였다. 정상적인 상태라면 빛을 비출 때 동공이 오므라들어야 했다. 하지만 그의 동공은 뇌가 손상되어 뇌신경이 빛에 반응하지 않았고 동공이 확장되어 있었다. 바이탈은 아무 의미가 없었다. 거의 사망 상태였으니 바이탈을 재봐야 모두 비정상일 것이 뻔했다. 아주 가끔 상태는 중하지만 회생의 가능성이 매우 희박한 환자가 더 위중하고 회생의 가능성이 비교적 높은 환자에게 밀려서 중환자실에서 일반 병실로 오는 경우가 있었지만, 이런 케이스는 처음이라 당황스러웠다. 뇌는 다 손상되었고, 자가 호흡이 없어 기계를 통해 인공적으로 폐에 공기를 불어 넣고, 승압제(혈압을 올리는 약)를 주입해서 마치 살아있는 것처럼 보이게 하는 것뿐이었다. 전형적인 연명의료 상태였다. 외국에 있는 아들이 돌아올 때까지는 이대로 버텨야 한다고 했다. 그 사실이 나를 조금 화나게 만들었다. 도대체 누굴 위해서, 무엇 때문에 죽은 것과 다름없는 환자를 '얼핏 살아있는 것처럼 보이는 상태'로 유지해야 할까? 무엇보다 그 시간이 환자에게 고통스러울까 봐 걱정되었다. 물론 사망 상태와 유사했으니 아무 느낌이 없을 수도 있다. 하지만 크고 소란한 기계에 붙들린 그를 보는 것이 이상하게 고통스러웠다. 여러 명의 사망 환자와 사후 시신을 다룰 때도 느껴본 적 없는 감정이 치밀어, 이상하게 환자 만지기를 주저했다. 그전까지는 시신을 두려워하지 않았기 때문에 '내가 왜 이러지?' 싶었다. 유독 그 환자에게만 이러는 이유를 고민해 보니 사전 교류가 있고, 없고의 문제였다. 병동에서 일하면서는 잠깐이라도 환자들의 얼굴을 마주하고 교류한다. 그런데 내가 그를 마주한 건 살아있다고도, 죽었다고도 보기 힘든 상태에서였다. 그래서 대하기가 어렵고 망설여졌던 것이다.

그 무렵 그의 영혼은 신체에 머물러 있었을까? 의료라는 명분에 속박당해 구천을 떠돌았을까? 언제 이 속박에서 풀려나나 하고 병실 천정에서 내려다보았으려나? 어쩌면 진작 다른 좋은 세상으로 훠이 떠나갔을지도 모른다.

그를 연명케 한 기계는 아들이 병원에 도착함으로써 그에게서 분리되었다. 강제 삶에서의 해방이었다. 그의 아들은 이렇게라도 의사의 사망선고 전 아버지를 만나서 다행이라고 생각했을 수 있다. 아버지가 죽기 전에 잠깐이라도 시간을 가지고 임종을 지켰다고 안도했을지도 모른다. 기계 호흡으로 심장을 미약하게 뛰게 해주어 감사하다고 생각했을 수도 있고, 이미 생의 너머에 있어 아무 교류도 할 수 없는 참혹한 아버지의 모습이 무섭고, 그래서 좌절했을지도 모른다. 분명한 것은 그 환자는 죽은 듯 죽지 못하고 산 듯 살지 못했다는 것이다. 산 사람을 위한 연명이 무엇인지 나에게 질문을 남긴 환자였다.

그 사람의 마음을 보고 받아들이면

2001년 외과에서 수간호사로 근무할 때였다. 하루는 환자 한 분이 밤새 콜벨을 눌렀다며 나이트 근무를 한 간호사들이 혀를 내둘렀다.

"그 환자 때문에 죽을 뻔했어요."

데이 근무자에게 업무를 인계하는 눈은 퀭하고 평소보다 훨씬 지쳐 있었다. 밤을 새워 일하는 것만으로도 아침이 되면 진이 다 빠져 손가락 하나 까딱하기 힘들고 만사가 귀찮아지는데 환자에게까지 시달려서 녹초가 되어 있었다. "뭐 때문에 그렇게 자주 부릅디까?" 하고 물으니 나이트 근무를 한 간호사가 이렇게 말했다.

"한 번은 아프다고 부르더라고요. 그래서 진통제 주사를 놔주면 그다음에는 목이 마르다고 부르고…, 또 조금 뒤에는 엉덩이가 배긴다고 불렀어요."

간호사 입장에서는 수술하고 온 환자, 상태가 심각한 중환 보기도 바빠 죽겠는데 사소해 보이는 일로, 그것도 일손이 부족한 밤에 연속으로 부르니 밉고 야속할 수밖에 없었다. "못 살겠어요, 수선생님*." 고개를 절레절레 흔드는 그 간호사는 평소 '기꺼이 도와주는 친절한 간호사'로 환자들 사이에서 칭찬이 자자한 사람이었다.

수간호사가 되고 초기에는 밤번-낮번 인수인계가 끝나면 모든 간호사들과 병실을 순회하며 인계 내용을 확인했다. 그 과정에서 환자에게 그날 예정된 검사나 수술, 주의사항 등도 재차 고지하고, 낮번 간호사에게 특히 주의를 기울여야 하는 환자나 반드시 해야 하는 업무가 있다면 즉석에서 확인하기도 했다. 하지만 언제부터인지 이 순회는 밤번 간호사를 제외

* 수간호사를 '수선생님' 또는 '수쌤'이라고 부르곤 한다.

하고 낮번 간호사들과만 이루어졌다. 그마저도 차츰 빈도가 줄어들다가 (아마도 초과 근무 수당 등과 관련해 노조의 요구사항이 있어서) 나중에는 나 혼자 순회했다. 수간호사가 꼭 순회를 해야 한다는 원칙은 없었는데, 나는 내가 궁금해서라도 순회를 했다. 그 일이 즐거웠다거나 쉬워서는 아니었다. 환자 상태가 파악이 안 되면 그건 그 나름대로 엄청난 스트레스라서, 스트레스를 덜기 위해서였다. 하지만 막상 순회할 때는 환자에게 무슨 말을 해야 하나, 어떻게 대해야 하나, 특히 어제 입원한 환자들은 또 어떤 상태일까 등등 부담이 더 컸다. 서른 명이 넘는 환자들의 상태와 검사 결과를 숙지해야 했고, 그날그날 어떤 검사와 치료를 하는지도 꿰고 있어야 했다. 이 내용들을 제대로 숙지하지 못하면 순회가 아닌 헛짓거리를 한 셈이고, 담당 간호사를 찾아 물어봐야만 하는 머쓱한 경험도 하게 된다. 하지만 순회를 하며 환자뿐 아니라 보호자들까지 두루 만나보면 그들이 안녕한지 확인할 수 있어 안심되고 일의 우선순위도 잡혔다. 무엇보다 간호사가 일반적으로는 미처 살필 수 없는 부분이 보였다. 환자나 보호자들이 순회하는 수간호사를 어떻게 바라보는지에 따라 병동 전체의 분위기도 달라졌다. 수간호사가 카리스마가 있다고 생각되면 민원이나 소동이 별로 일어나지 않았다.

한차례 전체 순회를 끝내고 간호사실에 간단한 메모를 남기고 다시 간호사실을 나섰다. 오전에는 담당 환자 간호와 처치를 위해 간호사들이 모두 병실에 들어가 있으므로 간호사실은 비어 있기 일쑤였다. 하지만 간호사들이 언제든지 수간호사의 행선지를 알 수 있도록 잠깐 자리를 비울 때도 전화기 위에 메모를 남겼다.

저는 ○○○ 환자의 병실에 있어요.

전날 밤 내내 콜벨을 눌렀던 환자였다.

그녀의 병실은 병동에 몇 없는 1인실이었다. 병실로 들어서며 "저 수간호사예요." 하곤 보조 의자에 말없이 앉았더니, 처음에는 눈길조차 주지 않고 가시 돋친 억양으로 "왜요?" 물었다. 나는 별다른 말을 하지 않고 그대로 조금 더 앉아 있었다. 그런 내가 답답했던 것인지, 아니면 사실은 본인이 답답해 대화할 상대가 필요했던 것인지 머지않아 자신의 이야기를 시작했다. 하지만 내가 생각했던 그런 종류의 이야기는 아니었다. 아픈 사람이니 당연히 아픈 이야기를 할 거라고, 특히 어젯밤의 불편을 하소연할 거라고 생각했는데 아니었다. 그녀는 자기가 돈이 얼마나 많은지를 말하기 시작했다.

"나 은행의 프라이빗 VIP고객이야. 은행에 가면 은행장도 나와서 90도로 인사를 한다니까? 내가 그랬던 사람이야. 이렇게 아프기 전에는 얼마나 깔끔했는지 알아? 명품이 아니면 거들떠도 안 봤어. 내가 이렇게 허접한 환자복을 입고 병원 침대에 누워 있을 사람이 아닌데…."

그 말들 속에서 내가 본 건 그녀의 부유한 삶이 아니었다. 그보다는 오랜 병원 생활로 아무도 자신을 온전한 인격체로 대하지 않고 대장암 환자로만 바라보는 상황에서 어떻게든 자신을 찾고 싶어 하는 간절함과 우울감이 보였다. 그러다 보니 부풀려서 말하고 다른 사람에게 인정받으려는 욕구도 덩달아 커진 듯 보였다. 환자의 곁에는 가족도, 친구도, 아무도 없었다. 의사인 남편은 일이 바빠 일주일에 한 번 얼굴을 비추는 게 다였고, 두 자녀는 미국에서 공부 중이었다. 그녀는 늘 혼자였고 그나마 곁을 지켜주는 사람은 간병사뿐이었다.

물론 그럴 수 있다. 가족 중 누군가가 아프다고 언제나 그 곁을 지킬 수는 없는 노릇이다. 하지만 내가 유독 마음이 쓰였던 이유는 그녀가 '터미널' 환자였기 때문이다. 터미널은 죽음이 머지않은 말기 환자들을 가리켜 사용하는 표현이다. 그녀는 대장에 있는 암이 척추까지 전이되어 극심한 통증을 호소하고 있었고 혼자서는 움직일 수조차 없었다. 그렇다고 다시 대장을 수술할 수 있는 상태도 아니었다. 외과병동은 수술하고 회복하는 곳이다. 그녀는 외과병동이 아닌 호스피스에서 터미널 케어*가 필요했다. 하지만 환자가 그런 상황을 도저히 받아들이지 못해서 보호자도, 담당 의사도 어쩌지 못하고 전전긍긍이었다.

일에 치여 숨 돌릴 틈 없이 뛰어다녀야 하는 간호사들에겐 모든 환자의 사연, 외로움을 들여다볼 여유가 없다. 그러니 혼자서 병실에 머무는 그녀가 말기 대장암 환자로만 보인 것이다. 수간호사는 실무에서 조금 떨어져 있기 때문에 환자의 심리 상태가 더 잘 보인다. 나는 자기를 알아봐 달라는 그녀의 마음을 30분가량 그저 받아주었다. 내가 따로 무언가를 더 보태거나 건네진 않았다. 내가 한 말이라곤 "그러셨군요." "대단하시네요."라는 인정과 "언제든 괜찮으니 낮에는 저를 찾으세요."가 다였다.

다음 날 아침에 출근했더니 그날 밤에는 그녀가 콜을 딱 한 번했다고 담당 간호사가 말했다. 그 간호사가 나에게 "수선생

* 터미널 케어는 치유 가능성이 없는 환자를 돕는 일로, 그 대상은 주로 말기 암 환자다. 환자의 육체적 고통을 덜어주고, 심리적 안정을 찾을 수 있게 도와, 의미 있게 삶을 마무리할 수 있도록 한다.

님, 그 환자에게 무슨 일을 하신 거예요?" 물었다. 내가 그녀에게 무언가를 했던가? 나는 정말 아무것도 하지 않았다. 그저 가만히 앉아 들었을 뿐이다. 그 일은 나에게 많은 깨달음을 남겼다.

많이들 아픈 사람은 그저 아플 뿐이라고 쉽게 단정한다. 하지만 당사자에게 일어나는 변화들은 어지간한 투쟁 없이는 견디기 힘들다. 건강했던 그 모습을 가장 잘 기억하는 사람은 누구도 아닌 본인이기 때문이다. 그녀는 외로웠을 것이다. 자신이 어떤 생각을 하는지, 어떤 상황에 처해 있는지를 다른 사람이 알아주고 공감해 주기를 간절히 원했을 것이다.

나는 사흘 정도 더 시간을 내서 그 환자 옆에 앉아 있었다. 결국 그녀는 죽음이 자신과 가까워졌음을 인정했다. 암세포가 퍼져가고 건강이 눈에 띄게 악화되는 동안에도 받아들이지 못했던 죽음을 누군가가 이야기를 들어준 단 며칠 만에 받아들이게 되었다. 많이 울고, 화내고, 때론 원망을 쏟아냈다. 위로나 조언이라도 해줄 수 있으면 좋았겠지만 거짓 희망을 줄 수는 없었다. 환자의 곁에서 환자를 위해 해줄 수 있는 일은 듣는 것뿐이었다. 이 무력감이 환자 만나기를 피하고 싶게도 만들었다. 왜 의사들이 터미널 환자 만나기를 꺼리는지 그제야 조금 알 것 같았다. 의사는 환자를 살리려고 의술을 행하는데 아무리 훌륭하게 진료하고 수술하고 치료해도 죽음으로 향하는 환자가 자신의 실패인 것 같아 괴로울 수밖에 없었다. 외과 의사는 환자의 삶의 질이나 편안한 죽음보다는 질병과 치료 결과를 중요하게 여기고 집중한다. 하지만 환자나 보호자는 의사로부터 희망적인 이야기나 위로를 듣고 싶어 한다. 하지만 의사는 절대 환자에게 불가능한 희망을 심어줄 수 없다. 그러니 간극이 발생하는 것이다.

게다가 외과는 수술을 하려면 병상이 필요한데 병상은 항상 부족하다. 병상을 마련하기 위해서라도 의사들은 어떤 환자를 퇴원시키고, 어떤 환자를 받을지 매번 고민하고 결정해야 한다. 환자를 위한 병상 하나가 아쉬운 판이라 의사들은 수술할 수 없고 다른 외과적 처치도 필요하지 않은 그녀를 퇴원시키고 싶어 했다. 하지만 그녀는 자신이 호스피스 대상임을 꽤 오랫동안 인정하지 않았다. 계속해서 불가능한 수술을 요구하며 퇴원을 미루었다. 그래서 다들 그 환자를 어떻게 하면 좋을지 고민하던 차였다.

며칠 후 평소처럼 라운딩을 갔는데 그녀가 먼저 나에게 말을 걸었다. 마른 입술 사이로 나온 이야기가 의외였다.

"나 호스피스로 가야겠어요."

혼자서 얼마나 고민했을지 감히 헤아릴 수조차 없었다. 극렬히 저항하던 죽음을 받아들이는 것은 오로지 당사자의 몫이다. 누구도 나누어 짊어질 수 없다. 그러니 더 어려울 수밖에 없다. 그때는 간호사라는 직업을 내려놓고 삶의 마지막 여정을 결심한 그녀를 위로해 주고 싶었다.

부디 평안하소서

가정간호제도*가 막 병원 내에 안착하기 시작한 2000년대 중반이었다. 50대 초반의 간암 말기 환자가 있었다. 그녀는 딸과 사위의 희생적 도움으로 어렵게 간 이식을 받았다. 다행히 수술은 성공적이었고 회복도 순조로웠다. 모두의 희생과 노력이 헛되지 않아 다행이라며 가슴을 쓸어내렸다. 그로부터 7개월이 지났을 때 그녀가 다시 응급실에 실려 왔다.

* 가정전문간호사가 재택 환자를 방문해 치료와 재활을 도와주는 제도.

"선생님, 저 응급실 왔어요."

"무슨 일로 오셨어요?"

"다리에 힘이 없어서요."

그러더니 둘째 날에는 이렇게 말했다.

"선생님, 숨쉬기가 조금 힘드네요."

환자의 암세포가 뼈에 전이되고 있었다. 그것도 척추로. 척추로 전이된 암은 굉장히 빠른 속도로 진전되었다. 이렇게 빨라도 되나 싶을 만큼 하루가 다르게 상태가 악화되었다. 결국에는 팔까지 마비가 오고 호흡에도 문제가 생겨 숨이 턱턱 차올랐다. 그 무렵의 환자는 무엇을 판단하고 결정할 경황이 없었다. 생존을 위해 가장 기본적이고 중요한 호흡이 힘드니, 숨쉬기에만 에너지를 집중해도 될까 말까였다. 다른 무엇을 결정하고 생각할 여력은 물론이고 에너지 자체가 없었다.

남편은 "병원에서는 안 죽고 싶다." "집으로 가고 싶다."는 그녀의 말에 응급실에서 퇴실을 강행했다. 달리 말릴 방도도 없었다. 임종이 가까워진 환자를 치료할 수도 없었고, 병상을 차지하게 둘 수도 없었다. 나도 안다. 이 말이 얼마나 매정하게 들릴지를. 그러나 병원에는 수없이 많은 환자가 끊임없이 밀려든다. 입원하기 위해 대기 중인 환자도 셀 수 없어서 병상은 언제나 모자라고, 치료할 수 없는 환자를 언제까지고 응급실에 둘 수도 없었다. 그래서 이처럼 할 수 있는 일이 없는 상황을 마주하게 되면 환자와 보호자의 요청에 따를 수밖에 없었다.

지금은 생이 얼마 남지 않은 환자들이 머무는 임종방이 병원에 마련되어 있다. 하지만 2000년대 중반에는 지금과 상황이 영 딴판이었다. 호스피스 병실이 있는 병원은 강남 C병원이 유일했다. 그마저도 대기가 워낙 길어서 들어가기 힘들었다. 임종이 가까워진 환자에게 남은 시간이 얼마나 되겠는가? 그 시간을 기다림으로만 소모할 수도 없는 노릇이었다.

환자가 퇴원하고 얼마 뒤 그녀의 남편이 병원 사무실로 전화했다. 대부분 보호자는 환자에게 문제가 있으면 담당 간호사에게 먼저 연락했다. 이렇게 사무실로 직접 전화하는 경우는 드물었다.

"무슨 일이시죠?"

"아내가 곧 숨이 멎을 것 같습니다. 저… 목사님을 모시고 우리 집으로 와주실 수 있을까요?"

난처한 요청이었다. 그래도 뭐라도 해봐야겠다는 생각으로 병원 교회 목사님께 상황을 설명하고 함께 가주실 수 있느냐 물으니 흔쾌히 그러겠다고 했다. 죽음 앞에 선 환자를 위해 목사님은 그날의 일정을 모두 취소했다.

나는 목사님과 그녀의 집으로 향했다. 집으로 들어서자마자 코끝을 찌르는 오줌 지린내가 났다. 보호자가 간병에 익숙하지 않아 기저귀 처리를 제대로 못 한 듯했다. 환자의 거친 숨소리가 집 안을 가득 채웠다. "헤에엑, 헤에엑…" 힘겨운 숨소리에 덩달아 나까지도 숨쉬기가 벅차게 느껴졌다.

"이 사람 숨이 끊어지기 전에 예배를 드려주십시오. 임종예배를 드리고 싶습니다."

보호자가 간절히 목사님을 찾은 이유였다. 문득 이 절차를 환자가 원한 것인지 궁금해졌다.

"환자가 원하셨나요?"

"아내가 원하는지 안 원하는지는 저도 잘 모르겠습니다. 하지만 제가 꼭 해주고 싶습니다."

나는 환자를 살피고 치료하는 일을 해왔다. 내 시선은 언제나 아픈 사람을 향해 있었다. 그래서 남은 사람, 남겨질 사람의 심정이 어떨지는 제대로 헤아리지 못했다. 남겨진 사람에게도 준비가 필요하다는 사실을 그땐 미처 몰랐던 것이다. 하지만 어떤 절차는 남겨질 사람을 위해 필요했다.

환자의 숨이 금방이라도 끊어질 듯 위태로웠다. 쫓기듯 급하게 예배를 드렸다. 이상하게 감정이 일렁여 찬송가를 소리 내 부르기가 힘들었다. 남편의 울음소리는 점차 울부짖음으로 바뀌었다. 그 공간이 주는 낯설고 무거운 감각에 손끝이 저릴 정도였다. 나는 계속해서 그 생경함에 대해 '이것이 무엇이지?' '무슨 의미가 있지?' 하는 질문을 스스로에게 던졌다. '이 행위는 어떤 요식 행위인가?'에 대한 의구심이었다. 금방이라도 멎어버릴 것 같은 숨소리와 함께한 5분도 채 안 되는 예배가 내게는 1시간마냥 길게 느껴졌다.

예배가 끝나자 남편이 "목사님, 세례도 주세요." 했다. 그때는 목사님도 난감해했다. 세례는 예배와는 또 달라서 당사자의 신앙 고백, 문답 등의 절차가 필요했다. 죽음을 앞두고 의식이 흐려진 사람에게 그런 절차가 가능할 리 없었다. 게다가 침상 위 환자의 신앙심과 깊이를 모르는데 어떻게 세례를 하겠는가? 하지만 목사님은 잠깐의 고민 끝에 환자에게 물었다.

"예수님을 영접하셨으면 눈을 깜빡이세요."

환자의 눈이 미세하게 깜빡였다. 눈을 깜빡일 때 환자의 눈에서 눈물이 흘렀다. 목사님은 신속하게 세례식을 진행했다. 남편이 예배를 할 때보다 더 크게 오열했다.

"여보, 미안해. 미안해. 미안해. 내가 진작 당신한테 이렇게 해줬어야 했는데 내가 늦었어. 너무 늦어서 미안해."

좀처럼 잦아들지 않는 처절한 울음이었다. 세례가 끝날 때쯤 그녀의 딸들이 허겁지겁 집으로 들어왔다.

"어머님과 작별 인사하세요."

두 딸의 울음소리가 더해지자 슬픔이 커다란 덩어리가 되었다. 환자의 눈에서도 쉴 새 없이 눈물이 흘렀다. 하지만 어쩐지 얼굴이 조금 전보다 편안해 보였다. 호흡이 가쁘고 눈물이 끊임없이 흐르는데도 평온해 보였다. 안도하는 듯했고 후련해 보였으며 힘겨운 시간이 끝났음을 직감하고 있는 것처럼 보였다. 나에게도 그런 경험은 처음이었다. 가족들과 작별 인사를 나누는 그 상황에 묘한 안도감이 들었다.

두 딸이 엄마의 곁을 지키는 동안 나는 그녀의 남편과 짧게나마 이야기를 나눌 수 있었다. 그는 결혼하기 전까지 교회를 다녔다. 결혼 후에는 아내가 교회를 안 다니니 자연스럽게 본인도 멀어지게 되었다. 그러다 아내가 아프기 시작한 이후로 간간이 병원 교회에 들러 기도를 했다. 아내의 상태가 호전되면서는 좋다는 음식을 찾아 먹이고, 운동시키고, 좋은 곳 데리고 다니면서 시간을 보냈다. 이러다 보면 조금 더 살겠지, 살겠지… 했다. 함께 여생을 더 즐기고 충분히 준비가 되었을 때 이별할 것이라고 믿어 의심치 않았다. 그러나 끝은 그들을 기다려주지 않았다.

"나는 하나님을 믿지만 그 사람은 아니잖아요. 그래서 혹시나 지옥 가면 어떡하나 싶어서…."

그래서 병원으로 전화를 건 것이었다. 교회를 다니지 않은 지 오래라 그가 부탁할 수 있는 사람이 병원 교회의 목사님뿐이었다.

목사님과 그 집을 나와 다시 병원으로 향하는 길, 차 안에는 무거운 공기가 내려앉아 있었다. 누구도 먼저 입을 열지 않았다. 그런데 운전하던 목사님이 갑자기 차의 방향을 틀었다.

목사님의 차는 아주 작고 조용한 사찰 앞에 멈췄다. 신도도, 관광객도 없는 고즈넉한 곳이었다. 처음엔 목사님이 왜 갑자기 사찰로 온 것인지를 알 수 없었다. 다만 죽음 직전의 환자와 그 가족들의 잔상이 나를 짓누르고 있었으므로 입 밖으로 왜 이곳에 온 것이냐는 말을 꺼낼 수 없었다. 그저 말없이 10분 정도 경내를 걸었다. 울컥울컥 치밀어 목울대를 건드리던 감정이 조금씩 내려갔다. 그것이었다. 목사님이 사찰로 온 이유가. 금방이라도 넘칠 듯 찰박이던 뜨거운 감정이 내 안에 스미며 조금씩 진정되었다.

병원에 도착하고 얼마 안 있어서 보호자에게서 연락이 왔다.

"그 사람, 떠났습니다."

마지막 인사를 하며 몸을 가누지 못할 정도로 오열하던 그의 목소리가 담담했다. 그녀가 남편의 바람대로 천국에 갔기를, 하나님은 죽음을 눈앞에 두고서야 허겁지겁 신앙 고백을 한 새로운 양을 기꺼이 맞아주었기를 바랐다.

음악에는 불협화음이라는 게 있다. 불협화음은 서로를 강하게 밀어붙이며 튀는 소리를 만든다. 하지만 이 불협화음이야말로 완전협화 혹은 불완전협화로 변해 곡에 완전성을 부여한다. 불협화음이 있기 때문에 곡이 평화롭게 마무리될 때 느끼는 안도감이 커진다.

임종을 앞둔 사람은 죽음과 거칠게 맞부딪힌다. 하지만 거칠었던 숨이 멈추면 언제 그랬냐는 듯 주위는 고요해지고 평화가 찾아온다. 그래서 "그곳에서 편히 쉬세요."라는 말은 마지막 가는 길의 어려움을 내려놓고 평안해지라는 뜻이기도 하다.

물론 허무하다. 한편으로는 살아가는 동안 우리가 겪어야 하는 것이 허무라는 생각도 든다. 그렇게 따지면 살아가는 이 시간들마저 평화롭게 죽기 위한 연습일 것이다.

죽음을 좋은 죽음과 나쁜 죽음으로 나눌 수 있을까? 사실 잘 모르겠다. 사람이 저마다 다르듯 죽음 또한 저마다 다른 법이다. 어떻게 할 수조차 없는 통증에 시달리며 투병하는 사람은 그 사람이 나쁜 사람이라 마지막까지 고통을 겪은 것일까? 당연히 아니다. 수많은 사람을 상처 입히고도 편히 살다가 평안한 끝을 맞는 경우도 많다. 그러니 죽음은 이분법적인 평가의 대상이 될 수 없다. 하지만 내가 살아가는 동안 조금이라도 더 잘 살기 위해 죽음을 생각해야 한다. 죽음은 구체적으로 생각할수록 좋다.

아이러니하게도 그녀를 오랫동안 투병하게 한 간 기능은 마지막 순간까지 좋았다. 이 몸에 이렇게 건강한 간이 있는 것이 신기하다 싶을 만큼 작은 문제 하나 찾을 수 없을 만큼 깨끗했다.

침묵 뒤에 남은 침묵

아버지는 황해도에서 온 피난민이었다. 부모님을 모시고 살다가 북한이 공산화되어 이남으로 피난할 계획을 세웠다. 이남 사정을 살펴보러 혼자 먼저 내려왔다가 길이 막혀 고향으로 돌아가지 못했다. 하루아침에 부모님, 형제, 친척들과 이별하고 아버지는 혼자가 되었다. 그 이별이 마음에 남아서였는지, 아니면 결핵으로 죽을 고비를 넘겼던 경험 때문인지, 아버지는 말수가 적었지만 연민이 많았다. 특히 사회적 약자, 아픈 사람들을 보고 절대 그냥은 못 지나쳤다.

아버지는 누가 부탁하지도 않았는데 어느 작은 병원에서

자의적으로 환자들을 돌보았다. 그들을 위해 기도하고, 경제적으로 어려운 환자가 있다면 여기저기서 후원을 받아 지원했다. 10년을 하루같이 주머니 가득 땅콩 맛 캐러멜을 넣고 다니며 병원에서 만나는 사람에게 나눠주었다. 그 일들이 아버지의 기쁨이었다. 외부인의 지극 정성에 오죽하면 병원 원장이 작은 사무실을 하나 내줄 정도였다. 당시에는 작은 병원에 의료사회복지사도 없었고, 호스피스에 대한 개념도 없었는데 당신이 손수 그 역할을 찾아서 했다. 무엇보다 그때 아버지는 일흔 넘은 연로한 노인이었다.

아버지는 84세가 되도록 혼자 무릎에 뜸을 뜨고 파스를 붙이고 치아가 불편해 씹는 것을 어려워하면서도 어디가 아프다는 말을 한 적 없었다. 내가 근무하는 병원에서 진료를 받은 적도 없었다. 하지만 언제부턴가 평소에도 마른 편이었던 아버지가 더 말라갔다. 안색도 안 좋았고 기운도 빠져 보였다. 어머니는 아버지가 입맛이 없어 라면을 찾아놓고 면은 안 먹고 칼칼한 국물만 먹는다며 궁시렁댔다. 그 무렵 나는 응급실 수간호사로 근무하면서 자식들 키우기 바빠서 아버지에게 생긴 변화를 무심히 지나쳤다.

일 때문에 한창 정신없던 시간에 어머니에게서 전화가 왔다. 그 시간에, 그것도 직장으로는 전화한 적 없던 분이라 전화를 받기도 전에 무슨 일이 생겼음을 직감했다.

"아버지가 피를 한 대야나 쏟았어."

아버지는 구급차를 타고 내가 일하는 병원으로 왔다. 바싹 마른 얼굴에는 핏기 하나 없었고, 웬만하면 본인은 괜찮다고 손사래 치는 분이 가만히 눈 감고 누워만 있었다. 상황이 상황인지라 위내시경 검사를 했다. 그 결과는 내가 전혀 상상도 못한 위암이었다. 의사가 수술 시기는 이미 놓쳤다고 했다.

"빈혈이 심하니 수혈이라도 받으시죠."

아버지에게 RBC(적혈구)가 4팩 들어갔다. 수혈 후에 기운이 좀 났는지 역시 피가 생명이라며 호스로 위도 뚫었으니(위내시경을 그리 이해했다) 이만 집에 가자고 했다.

고민되었다. 아버지께 병명을 솔직하게 말하는 게 맞을지. 나이가 있으니 위암이라는 불편한 병명을 알고 지내는 것보다 노환 때문에 아픈 것으로 아는 게 더 낫진 않을까? 수술도 못하니 진단명을 안다고 달라지는 것도 없었다. 혹시나 충격으로 병세가 더 악화되진 않을까 걱정이었다.

이 문제를 혼자 결정할 순 없어서 어머니와 다른 형제들에게도 물었다. 그들은 간호사인 내가 알아서 해주기를 바랐다. 하지만 아버지의 위암 진단은 나에게도 받아들이기 힘들고, 난처하기까지 한 일이었다.

우리가 결정을 미루는 동안 아버지의 식사량은 점점 줄어들었고 하루가 다르게 기력이 쇠하는 게 보였다. 간헐적 통증도 있는 모양이었다. 그때는 아버지도 이 증상이 단순 노화가 아님을 알아차렸다.

"이런 지 몇 달 된 거 같은데 이거 무슨 병이지 싶다. 지난번에 피 토한 것도 그렇고."

아버지가 먼저 이야기를 꺼냈을 때 더는 숨길 수 없다는 사실을 알아차렸다.

"아버지, 실은 검사 결과가 위암이래요."

간호사로 일하며 나는 수많은 병명을 입 밖으로 내었다. 하지만 내 아버지의 병명을 말할 때는 차마 입이 안 떨어졌다. 말수 없는 양반의 침묵이 평소보다 더 길었다.

"어떻게 하고 싶으세요? 혹시 수술 원하세요?"

"수술하면 어떻게 된다니?"

"이미 꽤 진행이 되어서 아마 수술도, 회복도 쉽진 않을 것 같아요."

다시 아버지가 입을 닫았다. 시간이 필요하다는 신호였다.

다음 날 아버지에게서 연락이 왔다.

"수술과 수액을 포함해서 인위적으로 하는 치료는 다 안 받으려고."

단호하게까지 느껴지는 말이었다. 이후 아버지는 소량의 배즙과 물만 먹으며 일종의 단식에 들어갔다. 괜히 아버지에게 병명을 말했나? 돌이킬 수 없는 고민을 했다. 안 그래도 마른 아버지가 점점 말라갔다. 피부가 거의 뼈에 붙을 지경이었고, 기운 없이 눈을 감고 지내는 시간이 길어졌다. 가끔 헛것을 보는지 "저 천장 구석에 뭐가 있다." "저기 불붙었다. 꺼라."고도 했다. 단순히 환각이라기에는 우리가 못 보는 무언가가 아버지에게는 보이는 듯도 했다. 있지만 없는 것, 존재하지만 우리는 보지 못하는 것이 아버지에겐 있는 것, 보이는 것이었다.

"은경아."

"네, 아버지."

"오늘 꿈에서 돌아가신 네 외할머니를 봤다."

"외할머니요?"

외할머니는 생전에 아버지를 그렇게 못마땅하게 여기던 분이었다.

"응. 옅은 분홍색 치마저고리를 입고 만면에 미소 지으면서 조촐한 세간살이 달구지에 싣고 떠나시더라. 가시면서 '나 먼저 가네.' 하시는데… 부러웠어."

"아버지."

"나도 네 외할머니처럼 천국엘 갈 수 있을까?"

아버지는 한동안 말이 없었다. 신음소리조차 없었다. 눈과 입은 꾹 닫았으나 아버지의 얼굴에 무언가를 힘겹게 견디는 듯한, 무언가와 싸우는 듯한 결기가 느껴졌다. 아버지가 싸우는 것이 병마인지, 기억인지, 내가 절대 모를 미지의 무엇인지는 알 수 없었다. 그것이 무엇이든 나는 그 싸움에서 아버지가 이기기를, 그리하여 조금 더 나에게 목소리를 들려주기를 간절히 바랐다.

어머니도 나이가 있으니 계속되는 병수발이 힘에 부쳤다. 죽어가는 남편을 지켜볼 수밖에 없는 막막함이 나에게도 전해졌다. 내가 할 수 있는 일이라곤 매일 부모님 댁에 들러, 두 사람을 들여다보는 것뿐이었다.

아버지는 물만 섭취했지만 대변을 보고 싶어 했다. 일주일에 한 번씩 내가 직접 수지관장*을 했다. 그 일을 할 사람은 나밖에 없었다. 딱딱하고 시커먼 대변이 아주 조금씩 나왔는데, 아버지는 그걸 고마워했다.

통증에 대한 어떤 말도 없던 아버지가 언제부턴가는 고통에 겨운 신음을 참지 못하고 내내 뒤척였다. 당시에는 마약성

* 항문에 손가락을 직접 삽입해 대변을 제거하는 방법.

진통제 처방이 거의 이루어지지 않았으므로 아버지의 고통을 덜어줄 방법이 없었다. 아버지가 수액주사와 입원을 완강히 거부해서 약국에서 살 수 있는 일반 진통제가 내가 줄 수 있는 전부였다.

통증이 심해지고 일주일쯤 지났을까? 12월이라 날도 추운데 아버지는 씻고 싶어 했다. 혼자서는 본인도 엄두를 못 냈고 나도 위험하다고 말렸다. 아들들이 동원되어 아버지를 욕실로 옮겨 목욕을 도왔다. 자식들이 아버지를 씻겨주는 일은 그날이 처음이자 마지막이었다. 아버지를 씻기고 나오면서 오빠가 "아버지 왼쪽 엉덩이 옆이 다 헐어 있다." 작게 말했다. 통증 때문에 위가 있는 왼쪽을 아래로 두고 옆으로 누워 지내다 보니 그 부위가 헐어 있던 것이다. 나는 진작 말씀을 하시지, 왜 안 했냐며 원망어린 자책을 했다.

그날 밤 어머니는 아버지가 며칠 더 못 사실 것 같다고 했다. 그래도 마냥 옆에 있을 수는 없고 출근도 해야 했으니 모두 각자의 집으로 갔다. 나는 그 밤에 아버지 옆에서 잤다. 그러나 밤새 한 번도 깨서 아버지를 살펴보지 못했다. 그저 잠만 잤다. 다음 날 아침, 아버지의 상태를 확인하고 나는 병원으로 출근했다. 나에게 무슨 일이 일어나고 있든 응급실은 바쁘게 돌아갔고 나는 그 일을 뒤로할 수 없었다.

아버지는 오후에 구급차에 실려 내가 일하는 응급실로 들어왔다. 마른 몸을 응급실 침대로 옮기자마자 아버지는 숨을 거두었다. 유언은 없었다. 가족들이 지켜보는 가운데 평화롭게 맞이한 죽음도 아니었다. 안전한 집에서의 고요한 죽음도 아니었다. 마지막 순간까지 흔들리는 구급차 안에서 덜컹거리며 고통을 참다 아버지는 죽음에 이르렀다. 딸이 간호사인데 말이다. 아버지가 도착하자마자 응급실 수간호사의 부친에게 사망 선고를 해야 했던 의사는 당황스러운 눈치였다.

나는 아버지가 두 눈을 감고 계셨다는 사실만을 위안 삼았다. 끝내 자신의 고통을 알리려 하지 않았던, 그러나 본인에겐 견디기 힘들었을 그 고통의 시간, 내면과의 기나긴 싸움에서 풀려난 평화로운 모습처럼 보였기 때문이다.

그리 친밀하지 않았던 외할머니의 죽음 이후 처음 겪는 혈육의 죽음이었다. 남들은 84세까지 사시다 돌아가셨으니 '호상'이라고들 한다. 나는 뭐가 호상인지 모르겠다. 아버지의 죽음은 아버지의 투쟁이었다. 살 만큼 살았다고 호상이 될 순 없었다. 다만 마지막 며칠 동안의 심한 통증과 질긴 내면의 싸움에서 아버지가 해방되었다는 안도감은 있었다. 그래서 아버지를 잃은 슬픔을 안도감으로 덮어 스스로를 위로하려 했다. 나는 어떻게 슬퍼하고 애도해야 하는지를 알지 못했다. 그저 아버지가 땅에 묻히는 순간에 다시는 불러 볼 수 없는 '아버지' 하고 크게 불러보았을 뿐이다.

그로부터 반년이 흘렀을 때였다. 사거리에서 신호 대기 중인데 갑자기 땅이 푸욱 꺼지는 듯한 느낌이 들었다. 깜짝 놀라서 운전대를 꽉 잡고 정신을 차려보려 애썼다. 그 순간이었다. 저 깊은 어디에선가 흐느낌이 치솟아 올랐다. 불시에 그리고 뒤늦게 아버지의 죽음이 터져 올랐다. 이 세상에 아무 조건 없이 있는 그대로의 나를 사랑해 주던 아버지의 부재가 갑자기 내 삶에서 파편처럼 튀어 올랐다. 몸도, 마음도 가누지 못한 채로 운전대에 파묻혀 우는 나에게 교통경찰이 다가왔다.

"무슨 일이세요?"

그때는 아버지가 그랬던 것처럼 나도 입을 꾹 다물었다. 아버지의 침묵은 '할 말 없음'이 아니라 '설명할 수 없음'임을 뒤늦게 깨닫는 순간이었다.

언젠가 추위를 많이 타는 아버지에게 겨울용 융모 잠옷을 선물했다. 잠옷을 손으로 이래저래 만지더니 부드럽고 촉감이 따뜻해서 좋다며 천진하게 좋아했다. 나는 그 모습에 괜히 마음이 아렸다. 이게 뭐라고 그렇게 좋아하시나 싶었다. 다음 날 어머니가 아버지에게 그 잠옷이 작으니 한 치수 큰 걸로 바꾸어 오라고 했다. 그 말을 들은 아버지는 극구 아니라고, 충분히 잘 맞고 만족스럽다며 어머니를 말렸다. 결국 아버지는 한 치수 작은 잠옷을 겨울 내내 입었다.

가끔 아버지 꿈을 꾼다. 여전히 아픈 모습이다. 아버지는 어디로 갔을까? 그곳에선 어떤 이별도, 아픔도, 구박도, 설움도 없기를 간절히 바란다. 나는 아버지가 그곳에서도 당신 건강은 뒷전으로 한 채 주머니 가득 땅콩 캐러멜을 넣고 다닐지 궁금하다. 아버지는 좋은 곳으로 갔을까? 내가 죽어서 다시 아버지를 만날 수 있을까?

남겨질 사람을 위로하는 사람

H는 환갑을 앞두고 대장암 4기를 진단받았다. 주변에서 왜 그렇게 미련하게 병을 키웠냐고 타박했지만 정작 본인은 "이게 내 운명이야." 하며 웃어 보였다. 수술 후 2년간 그 힘든 항암치료를 받으면서도 자신의 상황을 비관하거나, 남을 원망하지 않았다. 그것조차 운명으로 받아들였다. 암환자에게서 보기 힘든 H의 의연함은 수많은 환자를 만나고, 그 끝을 지켜본 나에게도 신기하기만 했다. '받아들였기에 H는 웃을 수 있는 건가? 어떻게 그럴 수 있을까?'를 생각하게 했다.

H는 남에게 신세 지는 것을 꺼리고 피해 입히기를 싫어하

는 깔끔한 성격이었다. 그 성격을 알기에 나도 평소 병세는 어떻냐는 물음을 가급적 피하고 H가 먼저 물어볼 때를 제외하면 훈수 두기를 삼갔다.

다행히 H는 사이가 각별한 남편과 그 시간을 잘 헤쳐 나갔다. 항암치료 도중에도 틈틈이 가족들과 여행을 다니고 사진이나 영상도 많이 찍으며 추억 쌓기에 열중했다. 아직 어린 손주들에게 할머니의 모습을 하나라도 더 남겨주고 싶어 했다. 독한 항암치료를 진행하고 있었으니 분명 힘에도 부쳤을 텐데 '흔적 남기기'를 게을리하지 않았다. 할 수 있는 에너지 범위 안에서 본인이 하고픈 일에 최선을 다했다.

H는 장이 꼬여 먹지 못하게 되면서 급격히 건강이 악화되었다. 나는 항암치료 차 외래 진료를 받으러 병원에 온 H를 두 달 만에 만났는데, 그사이에 H는 살이 쭉 빠져 마르고 얼굴은 창백했으며 목소리도 거칠어져 있었다. 그래도 H는 언제나 그래왔듯이 웃었다. 항암치료를 받으러 오면서도 아프기 전처럼 신경 써서 옷을 입고 자신을 가꾸었다.

"오늘도 예쁘네?"

"언니, 내가 패셔니스타잖아."

옅은 분홍색 니트와 검정 치마가 잘 어울렸다. 나는 H의 삶이 얼마 남지 않았음을 직감했다. 신기하다면 신기하고, 이상하다면 이상하게도 말기암 환자들을 보고 있자면 그들의 죽음이 임박했는지 아직 시간이 조금 더 남았는지를 짐작하게 되었다. 동시에 그 짐작이 나의 마음을 무겁게 짓눌렀다. H는 그날 의사로부터 항암주사 처방 대신 호스피스 케어 권유를 받았다.

"호스피스 상담은 받았어. 그래도 우리 남편은 혹시나 하는 마음이 계속 드나 봐. 다음번 진료 일정을 또 예약해 두지 뭐야?"

H는 호스피스 기관의 병상이 나서 바로 입원했다. 증상이 호전되어 집에서 오가며 외래 진료를 받을 수 있을 거라는 남편의 기대는 무너졌다. 밝고 맑으며 에너지를 잃지 않았던 H의 모습을 생전에 하루라도 더 보고 싶었다. 코로나19로 면회가 어려운 시기였기에, H가 입원한 지 열흘 만에야 얼굴을 볼 수 있었다.

"언니."

나를 부르는 H의 목소리가 불과 열흘 전보다 훨씬 탁했다. 생각보다 상태가 더 빠르게 악화되고 있었다. 구토가 잦았고, 일어나 앉을 힘도 없는 눈치였다. 그래도 편안해 보였다. 대개 말기암 환자들은 제대로 씻지 못하고 통증에 진땀을 흘린다.

호스피스에서 케어를 잘해주는지 H에게서는 땀 냄새도, 진땀의 흔적도 없이 깔끔했다. 여전히 잘 웃었고 단정했다. 그것이 H가 지키고 싶었던 존엄성이었다. 나는 어쩌면 오늘이 H와의 마지막 날일지도 모른다는 예감이 들었다. 이젠 정말 작별 인사를 해야 할 때였다.

나는 H와 얼굴을 맞대고 잘 살았다고, 용감했다고, 여전히 예쁘기만 하다고 인사를 건넸다.

"밝은 빛이 나타나면 그저 기쁘게 훨훨 잘 따라가."

"언니, 나는 남편과 아이들에게 특별히 사랑받고 살았고 많은 것을 누렸어. 후회 없는 삶이었어. 이렇게 많은 사람들의 격려와 응원 덕에 편안해. 걱정 마."

마지막 가는 길을 걱정하는 나를 도리어 H가 위로했다. 자신은 괜찮으니 걱정하지 말라고. 무거워하지 말라고.

그로부터 이틀 후, H의 남편에게서 전화가 왔다.

"지금 막 천국 갔어요."

그 말에 아이처럼 울음을 터트렸다. 살아오면서 나는 숱한 이별을 겪었다. 하지만 아무리 많은 이별을 겪어도 도저히 익숙해지지 않는다.

밀어낼수록 가까워지는 죽음

말기암을 진단받으면 죽음에 이르는 다섯 단계를 거친다. 이 단계는 엘리자베스 퀴블러 로스 박사가 고안한 것으로, 박사가 1966년 미국 시카고대학 부속병원의 정신과 의사로 있으면서 2년 반에 걸쳐 말기암 환자 200명을 면담해 얻은 결과다. 퀴블러 로스 박사는 암환자들이 암 진단에서부터 죽음에 이르기까지 겪는 감정 단계를 '① 부정 ② 분노 ③ 타협 ④ 우울 ⑤ 수용'으로 정리했다. 물론 환자들이 이 다섯 단계를 순서대로 경험하는 것은 아니다. 이미 타협 단계에 있다가 어느 순간 분노로 미쳐 날뛰기도 한다. 이 다섯 단계가 단 하루 만에 나타나기도 한다.

사람들은 임종에 약간의 환상을 품는다. 이를테면 평온하게 삶을 정리하는 시간적 여유가 있을 것이라고 생각한다. 하지만 내가 본 말기 상태의 환자들은 대부분 임종기에 에너지가 바닥이 나 있었다. 생각할 여력이 없었고 입을 벙긋거릴 힘은 당연히 없었다. 그저 목숨(목에 숨이 간신히 붙어 있어서 목숨이라고 하는 것일지도 모른다)만 붙은 채 생명을, 더 정확하게는 호흡을 붙들고 있느라 힘겹게 싸움한다. 심한 통증에 땀과 노폐물로 얼굴이 번들거리고 제대로 씻지 못해 머리카락은 떡이 진 채 쉰내를 풍긴다. 거기다 호흡 곤란까지 있으면 보는 사람마저 숨이 차고 가슴이 답답해진다. 죽음은 고요하지만 죽음으로 가는 길은 고요하지 않다.

나는 가정간호사업팀에서 일하며 퇴원 후에도 지속적인 치료와 간호가 필요한 환자라면 직접 환자의 집에 방문해 치료와 간호를 제공했다. 하루는 50대 후반의 부부가 우리 팀에 상담을 하러 왔다. 부인이 말기암으로 통증 조절이 안 되고, 먹지를 못하니 영양제 수액주사가 필요하다고 했다. 부부는 인내심이 많고 교양 있어 보였는데, 말기암으로 고생하는 사람을 본 적이 없어서인지 이런 상황에 어떻게 해야 하는지 갈피를 못 잡고 있었다. 집에 있자니 적절한 치료를 할 수 있는데 방치하는 것 같았고, 종합병원에 입원하고 싶은데 입원을 시켜주는 병원이 없었다. 병원에서는 할 수 있는 치료가 없으니 호스피스 케어를 받으라는데, 호스피스는 죽으러 가는 것 같아서 내키질 않았다.

"오늘도 항암주사 맞으러 왔다가 호스피스로 가라는 말만 들었습니다. 어떻게든 도와만 달라고 하니 여기에서 상담을 받아보라고 해서요. 혹시 집에서도 영양제 수액주사를 맞을 수 있습니까?"

20여 분 힘겹게 상담을 이어가는데, 부부는 다시 나에게 병원에 입원할 수 있도록 힘써 달라고 간절히 부탁했다. 그들은 가정간호도, 호스피스도 원하지 않고 그저 병원에 입원하기만을 원했으므로 더는 상담을 진행할 수 없었다.

부인은 걷는 것조차 힘겨웠기에 그녀를 휠체어에 태워 차 앞까지 데려갔다. 멀어지는 부부의 차를 보면서 안타까운 마음이 들었으나, 도움을 받을 준비가 안 된 사람들에게 도움을 강요할 수도 없는 노릇이었다.

며칠도 안 되어 극심한 통증을 견딜 수 없게 되자 인맥을 총동원해 다른 상급종합병원에 입원했다는 연락을 받았다. 상급종합병원의 일반 병동은 검사와 치료 중심이라 죽어가는 환자나 보호자를 배려하지 못하는 게 현실이다. 치료 계획을 세우기 위해 검사를 진행하는 동안 환자는 "너무 아파요." "나를 어떻게든 안 아프게 해주세요." 애원했지만 역시 뜻대로는 되지 않았다.

어느 날 술 좀 했다며 그 환자의 남편에게서 전화가 왔다.

"그 사람 입에서 '씨×, 이 ×××들아' 같은 욕이 나오더니, 그렇게 소리치다가 정신 잃고 몇 시간 만에 사망했어요."

그는 생전 들어본 적 없는 부인의 욕설이 귓가에 맴돈다고 했다. 통증에 몸부림치던 마지막 모습도 도저히 뇌리에서 지워지지 않았다. 병원에 입원만 하면 다 해결될 줄 알았는데, 그 병원에서 예상치 못한 모습으로 그녀는 죽음을 맞았다.

"죄송합니다. 이렇게라도 아내의 마지막 모습을 본 분과 이야기하고 싶었습니다."

아내의 마지막 모습. 그 말이 무슨 뜻이었는지를 한참 곱씹었으나 정확한 답을 찾지 못했다. 나는 그녀가 죽음에 이르는 순간을 보지 못했다. 또한 내가 마지막으로 본 그녀의 모습은 힘겹기만 했다. 다만 이 부부는 '부정'의 단계에 갇힘으로써, 임종기 환자에게 필요한 적절한 케어를 받지 못한 것만은 확실했다.

죽음이 액땜이 될 수 있나

간호사로 경력이 쌓였다고 능숙한 수간호사가 되는 것은 아니다. 노련하지 못했던 수간호사 3년 차, 일도 많고 말도 많고 탈도 많은 응급실로 발령 났다. 변수로 가득한 응급실에는 경험 많은 수간호사가 배치되곤 했기에 걱정부터 앞섰다. 인수 차 방문한 응급실은 병동과는 비교도 안 될 만큼 소란스러웠다. 간호사실의 마이크로 끊임없이 환자, 보호자, 의사, 이송원을 부르는 소리에 귀가 먹먹해졌고 일순간 사고 회로가 정지했다.

"○○○ 선생님, 중환구역으로 오세요."

"○○○ 보호자분, 환자에게 와주세요."

일이 몰릴 때는 방송을 위해 의사, 간호사 할 거 없이 마이크 앞에 줄을 설 정도였다. 일반 병동도 간호사실 인터폰으로 병실에 방송하고, 환자의 콜에 응대하기도 했지만 나는 환자를 인터폰으로 오라 가라 하는 걸 싫어했다. 적은 인력으로 효율적으로 일을 처리하기 위함임을 모르지는 않았다. 그래도 간호는 효율이 우선이 아니라는 생각을 지울 수 없었다. 무엇보다 VIP 환자도 인터폰으로 부를 수 있겠는가? 나는 병동 수간호사로 일할 때 응급 상황이 아니라면 간호사가 직접 가서 상황을 살피고 대면하도록 권했다. 환자는 조용하고 편안한 곳에서 치료받고 회복을 위한 요양을 해야 한다. 그런데 병실은 반대다. 여러 직군(의사, 간호사, 청소원, 방사선사, 식사배식원 등)이 시도 때도 없이, 양해 없이 불쑥불쑥 드나든다. 환자 상태를 관찰하기 위한 모니터와 치료 기계에서 나는 규칙적인 소음, 냉난방을 위한 바람 소리, 보호자나 방문객들이 나누는 대화 소리, 밖에서 들려오는 소음 등으로 숙면이 힘들고 간신히 잠들어도 금방 깨기 일쑤다. 조용할 틈이 없는 병실에 간호사의 방송까지 더해지면 환자들의 평안은 잘게 깨진다.

하지만 응급실은 규모부터 병동과 달랐다. 환자 상태도 다양했지만 구역도 여러 군데라 넓었고, 물품, 의료기구 등이 다양하고 복잡했다. 입구 가까이에는 심폐소생실, 중앙에는 수술실에 가지 않고도 응급 수술할 수 있는 소수술실이 마련되어 있었다. 물론 응급으로 촬영이 가능한 X-Ray실과 CT실도 있었다. 원무과 직원들이 파견 나와 입구에서 환자 등록과 수납을 도왔고, 사무장까지 상주했다. 선배 수간호사에게 인계를 받으면서 '직원 얼굴과 이름을 매칭해서 외우는 것도 벅차겠구나.' 눈앞이 아찔했다. 난감한 내 표정을 보며 선배 수간호사가 쿨하게 말했다.

"경험해 보면 다 알게 돼."

응급실에서 근무한 지 일주일쯤 지났을까? 막 밤번-낮번 인계가 끝나 어수선한 시점에 밖에서 '쿵' 하고 둔탁한 소리가 났다. 뛰어나가 보니, 응급실 코앞에 긴 머리가 풀어헤쳐진 젊은 여자가 엎어져 있었다. 건물 위에서 떨어진 것 같은데 의외로 출혈이 없었다. 하지만 척추가 꺾여 올라와 겹쳐졌고, 미동도 없었다. 뒤따라 나온 인턴 선생이 그녀의 몸을 뒤집으려고 했다.

"안 돼요! 가만히 두세요. 경찰 입회하에 건드리세요. 맥박이나 호흡이 있는지부터 확인하세요."

처음 있는 일이었는데 자연스럽게 그런 말이 나왔다. 경찰

서에 연락하고 가림막을 둘러 출근하는 직원과 환자들이 보지 못하도록 했다. 맥박도 호흡도 없었다. 혈압도 잡히지 않았다. 동공도 모두 열려 있었다. 척추가 꺾인 것으로 보아 꽤 높은 곳에서 떨어졌을 것이고, 심폐소생술도 무의미했다. 경찰이 오고 시신이 수습된 후에 사건이 일단락되었다. 차분히 잘 대처했는데 시간이 지나면서 마음이 서늘해지고 몸이 떨려왔다. 응급실에서 오래 일한 간호사에게 가끔 이런 일이 있냐고 물었더니 처음 있는 일이라며 고개를 저었다.

알고 보니 그 여성은 입원하고 있는 환자의 보호자였다. 환자의 병세는 위중하고 경제적인 압박이 극심해져서 자살에 이르렀다고 한다. 건물 옥상은 일반인이 출입할 수 없도록 통제 중이었기에 그녀가 어떻게 옥상으로 나갔는지가 의문으로 남았다. 또한 그이의 주위에 도와줄 사람 하나 없었던 현실의 참혹함이 나에게까지 와닿았다. 이렇게 안타까운 생 하나가 사그라졌는데도 응급실의 바쁜 일상은 아무 일 없었다는 듯 계속되었다. 잠깐의 정적도 허용하지 않는 응급실의 소음들, 밀려드는 사람들 사이에서 13층 옥상에서 제 몸을 내던진 한 여성의 죽음은 쉽게 잊혀졌다. 그 사실이 나에게는 유난히 이질적으로 다가왔다.

발령받고 얼마 안 되어 이런 일이 생겼다고 친구에게 털어놓았더니 그가 이렇게 말했다.

"액땜했다고 생각해."

그 말에 울컥 화가 치밀었다. 내가 응급실에서 일하게 된 것이 액인가? 그렇다면 나의 액땜을 위해 전혀 상관없는 누군가가 죽는 것이 가당키나 한가? 어떻게 한 인간의 죽음이 액땜일 수 있단 말인가.

2장

살아있는 자의 무게

희망의 끈이었을까, 동아줄이었을까

1980년대 초반, 20대 후반의 건장한 남성이 교통사고로 실려 왔다. 그 환자에게는 심각한 뇌출혈이 있었다. 게다가 무릎 아래 다리뼈도 골절되어 크게 어긋났다. 이곳저곳 성한 곳이 없었으나 특히 뇌 상태가 불안정했으므로 다리는 수술할 엄두도 못 내고 뇌 치료에만 집중했다. 중환자실에서 집중 치료를 받아도 모자랄 만큼 급박한 상황이었다. 하지만 당시 이 환자 역시 중환자실의 여건상 일반 병실로 옮겨졌다.

나는 간절히 그가 버텨주기를, 죽지 않기만을 바랐다. 가족들의 절실함 때문이라도 어떻게든 살리고 싶었다. 상황이 극한으로 좋지 않았음에도 가족들은 희망의 끈을 굳게 붙잡고 놓지 않았다. 그럴 수밖에 없었다. 그는 젊었고 결혼한 지도 얼마 안 되었으며 부인의 배 속에는 새 생명이 자라고 있었다. 계속되어야 할 이유가 많은 삶에 사고는 불시에 한 가정을 덮쳤다. 그 상황에서는 누구라도 끊어질 듯 위태로운 희망일지라도 부여잡을 수밖에 없다.

간절함 덕분이었을까? 다행히도 위험한 고비를 몇 차례 넘기며 차츰 바이탈이 안정되었다. 가족들에게서도 두려움과 공포심이 사그라들며 소생에 대한 희망이 커졌다. 그런데 혈압도 체온도 안정되었건만 의식이 돌아오지 않았다. 기다리고 또 기다려도 눈을 뜰 기미조차 보이지 않았다. 가슴팍을 두드리며 이름을 불러도 반응이 없었고 꼬집어도 그 손을 치우지 못했다. 당연히 혼자 돌아눕거나 식사를 할 수도 없었다. 그렇다. 그는 식물상태가 되었다.

식물상태는 식물처럼 생리적 생명을 유지하고만 있는 상태를 일컫는다. 뇌의 중추부가 살아있어서 호흡도 하고 혈압도 유지하지만 의사 전달, 인지, 판단의 기능은 못 한다. 외면은 훌쩍 큰데 내면은 어디에선가 우두커니 멈추어 있다. 게다가 코에는 음식을 주입하기 위한 콧줄이 꽂혀 있고(하루에 몇 차례씩 미음과 약, 물을 주입한다), 목에는 호흡을 수월하게 하고 가래를 빼내주는 기관절개관이 삽입되어 있다.

그러다 보니 살피고 신경 써야 하는 부분이 많았다. 식물상태 환자는 아기를 돌보는 것과 같다고들 말한다. 하지만 아기는 시간이 흐르며 자라지만 식물상태의 환자에게는 그런 기대를 품을 수 없다. 폐렴이나 욕창, 비뇨기계 문제로 언제, 어떻게 상태가 나빠질지 알 수 없으니 상태를 유지하기조차 버겁다.

환자는 키가 크고 기골이 장대했다. 결혼한 지 몇 달밖에 안 된 아내가 그를 지극 정성으로 간호했다. 씻기고 먹이고 돌아눕히며 수동 운동을 시켰다. 대부분의 보호자는 이런 일을 처음 해보기 때문에 겁을 내고 자신없어한다. 당연하다. 생각해본 적도, 생전 구경해 본 적도 없는 일을 배우며 해야 하는 마당에 그 대상이 내가 사랑하는 가족이면 더 두렵다. 혹시라도 자신의 실수로 잘못되기라도 할까 봐 지레 겁난다.

보호자들은 간호사의 도움을 간절히 바라지만 간호사 한 명이 스무 명 남짓의 환자를 돌보고 있으니 한 환자에게 할애할 수 있는 시간이 한정되어 있다. 특히나 그때는 일반 병동에 쉴 새 없이 중환자가 밀려들었다. 그러니 아무리 중환자라 해도 간호사가 모든 간호를 도맡아서 할 수 없었다. 보호자 손에 의존할 수밖에 없는 구조였다.

그렇다고 간호사에게 시간적 여유가 있지도 않았다. 차분히 시간을 내어 보호자에게 환자를 어떻게 돌보면 되는지와 그 이유에 대해 설명하고 교육할 수 있으면 좋겠지만 그럴 여건이 안 되었다. 이해하셨느냐, 다른 질문이 있냐고 물어볼 새도 없었다. 그저 간호 행위를 하면서 입으로 바쁘게 떠들었다. 그러니 보호자들은 어깨너머로 배워서 바로 실전에 적용해야 하는 경이로운 상황이었다.

그런데 그녀는 임부의 몸으로는 버거울 일들을 빠르게 배우고 적용했다. 아니, 더 발전시켰다. 자신만의 노하우로 에너지는 덜 쓰면서도 환자 맞춤으로 효율적으로 변용했다. 체구는 작았지만 밝고 긍정적인 성격이 그 어려운 일을 해내게 만들었다. 임신 초기라 심신이 불안정하고 입덧까지 더해져 자기 한 몸 돌보기도 고생스러울 텐데 슬픔에 빠져 허우적댈 시간도 없다는 듯 투사처럼 맞섰다.

그녀는 웬만한 간호사보다 기계로 가래 뽑는 일을 잘했고 환자를 24시간 돌보는 일에 능숙했다. 얼마나 잘 먹이고 씻기고 마사지했는지 환자의 피부가 뽀얗고 윤이 났으며 부드러웠다. 처음 경관식*을 하는 환자들은 설사가 잦고 그로 인해 엉덩이가 허는 고생을 하는데 이 환자는 대변 상태가 아주 좋았다. 그것만 보아도 그녀가 얼마나 자신의 남편을 세심히 살피고 돌보는지 알 수 있었다.

시댁에서는 이 젊은 새댁이 깨어날 희망이 없는 아들을 평생 돌볼 순 없다고 판단했다. 그런 이유에서 아기만 낳고 다른 곳에 재가하라고 권했으나 그녀가 한사코 거절했다. 몸과 마음이 지칠 텐데도 남편을 극진히 사랑했다. 제삼자가 보기에도 짠해질 정도였다.

장기간 의식 없이 누워 지내는 환자의 가족은 기약 없는 기다림과 희미해지는 희망 앞에서 절망한다. 와중에 항시 곁에서 머물며 돌보아야 하니 체력적으로도 한계에 맞닥뜨린다. 슬프고 힘든데 지친다. 몸과 마음이 남아나지를 않는다. 돌봄은 노동이다. 환자를 돌보는 일에는 적잖은 노력과 전문성, 감정 소모가 들어간다. 더군다나 가까운 관계에 놓인 상대라면 더 그럴 것이다. 따라서 환자가 이겨내야 할 어려움 못지않게 환자를 돌보는 가족들이 마주하게 되는 난관도 드높은데, 끊임없이 자신과 갈등해야 하므로 더 힘들다.

그녀 또한 마냥 밝을 수만은 없었을 것이다. 어쩌면 다른 보호자들처럼 가슴이 갑갑해져 깊은 한숨을 내쉬고, 신세 한탄

* 콧줄로 음식 먹이는 것.

을 하고, 가끔은 죽고 싶다고 생각했을지도 모른다. 하지만 한시도 남편 곁을 떠나지 않았다. 최대한 밝고 긍정적으로 기꺼이 곁을 지켰다. 보고도 못 믿을 정도였다.

그 환자는 1년 가까이 입원해 있다가 퇴원했다. 당시에는 요양 병원도 거의 없었고 가정간호제도도 없었으므로 환자의 보호자가 직접 기관절개관교환법** 등을 배웠다. 성실하게 배움을 체득하던 모습이 인상 깊었기 때문일까? 그가 퇴원한 후에도 종종 그녀가 떠올랐다. 대부분의 식물상태 또는 전신마비 환자들은 폐나 요로 합병증, 욕창 등으로 사망하는 경우가 많았다. 하지만 그녀의 정성이라면 아마 오래 살 수 있지 않을까 싶기도 했고, 그녀는 어떻게 지내고 있을까 궁금하기도 했다.

그로부터 몇 년 후 〈배반의 장미〉(1990)라는 드라마가 방영되었다. 6년 동안 식물상태였던 남자 주인공이 의식을 찾으며 새로운 이야기가 펼쳐지는데, 그 드라마를 보고 또 그 부부가 떠올랐다. 그래도 한 번쯤은 병원에서 마주치지 않을까 기대했는데 그런 일은 일어나지 않았다.

** 의식이 없는 환자의 가래를 잘 제거하기 위해 기도에 구멍을 내고 관(캐뉼라)을 꽂아 주는 것으로 관을 정기적으로 교환해 준다.

그 기억이 점차 나에게서도 흐려지고 있던 15년 후, 우연히 병원 계단에서 그녀를 만났다. 나는 내려가고 그녀는 올라오고 있던 중이었다. 나이가 조금 들었으나 여전히 눈매가 서글서글하고 그때와 얼굴이 같았다. 우리는 서로를 금방 알아보았고 누가 먼저랄 것도 없이 안부를 건넸다.

"아니, 그동안 어떻게 지내셨어요?"

"여전하시네요."

계단 구석에서 손 붙잡고 세월에 묵힌 이야기를 나누었다.

"남편이 몇 차례 폐렴 때문에 입원을 하긴 했는데 비교적 잘 지냈어요. 작년에 보내드렸고. 아들이 이제 중학생이에요. 아버지 없는 아이란 소리 안 듣게 하려고 무던히 애썼어요."

아주 오랜만의 만남이었으나 충분히 그녀의 시간을 이해할 수 있었다. 우리는 누구 눈치 볼 것도 없이 계단 구석에서 서로를 안고 한참을 흐느꼈다.

그녀는 의식을 차리지 못하고 속절없이 누워 있는 남편과 어린 아들을 함께 돌보며 어떤 심정이었을까? 물론 아이와 같이 놀아주지는 못하더라도 아빠가 있다는 자신감만큼은 주고 싶어 애썼다고 했다. 그래도 나는 궁금했다. 매일 두 눈을 감은 남편에게 어떤 이야기를 하고, 어떤 마음가짐과 희망을 품었을지, 혹여나 자신의 팔자를 탓하진 않았을지, 또 다른 어려움이 그녀의 삶을 위협하진 않았을지가 궁금했다.

그 긴 시간의 돌봄은 남편과의 사별로 끝났다. 장시간 돌봄 노동을 한 보호자들에게 그 죽음이 어떤 의미로 다가오는지 감히 예상조차 할 수 없었다. 모두가 포기하는 상황에서도 자신의 손으로 끝까지 돌본 희생정신이 숭고하게 느껴지기도 했다. 환자에게 그 15년은 어떤 의미이며, 보호자에게 그 15년은 또 어떤 의미였을까? 그보다 먼저 그 환자에게 교통사고가 일어나지 않았다면 이런 일들은 벌어지지 않았을 것이다. 나는 아픈 상태로 병원으로 들어서는 환자들과 그 가족들을 만났다. 따라서 그렇게 되기까지 어떤 사고가 그들의 삶을 덮쳤을지는 상세히 헤아릴 수 없었다. 하지만 제삼자인 나조차도 '그 일만 일어나지 않았더라면…' 하는 생각을 한다.

식물상태에서도 그녀의 남편처럼 오래 생존할 수 있다. 드물긴 하지만 의식을 찾는 경우도 보았다. 신경외과 병동에서 일할 때 실제로 의식이 돌아오는 사례들을 만나기도 했다. 50대 후반의 여성 환자가 고혈압으로 인한 뇌출혈로 몇 년을 의식 없이 지냈다. 그러다 어느 날 홀연히 의식을 찾고, 병상에 누워 있는 동안 있었던 일과 들었던 말을 이야기하는 바람에 가족들을 경악하게 했다. 또 10살 소년이 교통사고를 당해 심한 뇌출혈로 의식이 없었다. 그 상태로 중환자실에 오래 머물다가 일반 병동으로 옮겨진 후 의식을 찾았던 사례도 있었다. 소년은 자장면과 잡채를 먹고 싶다고 말하고, 몇몇 간호사를 가리키며 "저 누나가 꼬집었다."(의식 체크를 위해 환자의 가슴 부위를 자극하며 반응을 본 것을 말한 듯하다), "저 누나는 좋은 누나다." 하면서 품평을 하는 바람에 난감하면서도 즐거웠던 적도 있었다.

그래서 더 희망의 끈을 놓기 힘들다. 누군가에게는 정말 그 희망이 찾아오기 때문이다. 하지만 희망이 누구에게, 어떤 형태로 나타날지는 누구도 알 수 없다. 그 사실을 알면서도 바랄 뿐이다. 사랑하는 사람이 다시 일어나기를, 손잡아 주기를, 시답잖은 이야기를 나누기를, 그리하여 아무 일 없었던 것처럼 '함께' 시간을 보내기를 말이다.

그 행려가 나의 곁에 오래 머물렀음을

나는 다년간의 간호사 생활로 다소 냉소적이고 딱딱해져 있었다. 이는 나 자신의 문제기도 하지만 병원 내에서 환자를 비롯한 여러 인간관계에 지속적인 상처를 받다보니 나를 방어하기 위해 생긴 특성이었다. 나는 환자를 '○○○ 환자, 직장암 환자, 당뇨병 환자'로만 바라보려고 했다. '환자를 환자로만 바라보려고' '절제하려고' '환자와 간호사로서의 거리를 유지하려고' 애썼다. 하지만 행려병동을 경험하면서 나는 달라지기 시작했다.

1999년 봄, 재직 중이던 서울대학교병원이 위탁경영하던 시립병원(서울특별시보라매병원)으로 파견되었다. 시립병원은 지금은 아주 번듯한 대형병원으로 좋은 의료진들의 진료를 받을 수 있는 곳이지만, 당시에는 그렇지 않았다. 시립병원에는 경제적으로 빈곤하고 거친 삶을 살았던 환자가 많았다. 그래서인지 영화의 한 장면처럼 어둡고 습한 분위기를 풍겼다. 술에 취했거나 언성을 높이는 환자와 보호자로 순식간에 병동 분위기가 험악해지는 경우도 다반사였다. 환자와 보호자에게 질병과 치료 방법을 아무리 열심히 설명해도 이해하기 어려워하고 전혀 엉뚱한 반응을 했다. 환자에게 어떤 일이 일어나고 있는지, 퇴원 후 집에서는 어떻게 자기관리 또는 간병해야 하는지를 정확하게 설명해야 하는 간호사 입장에서는 답답함을 넘어 절망스러울 지경이었다.

이런 환경적 특성 때문에 시립병원에 처음 와본 간호사들은 일종의 문화적 충격을 받았다. 같은 서울 하늘 아래, 병원이라는 시설 안에 이렇게 이질적이고 낯선 풍경이 있다니! 응급실은 더했다. 대형병원 응급실도 밤이면 주취자들로 몸살을 앓는데 시립병원 응급실에서는 술에 취해 쓰러지거나 골절된 행려자*와 노숙자들을 치료하는 일이 일상이었다. 행려 환자는 대부분 남성으로, 평균 연령은 50대 초중반이었다. 오랜 땀과 오물에 찌든 옷과 몸에서는 코를 찌르는 듯한 냄새가 났다. 그 냄새 때문에라도 술에 취해 제정신이 아닌 환자와 씨름을 해가며 목욕을 시키고 옷을 갈아입혔다. 이름이 없거나 신원을 알 수 없는 환자도 흔해서 그들을 지칭할 가명을 붙여주는 것도 업무의 일환이었다. 그날 당직의사의 성姓에 이름에는 '미상'이나 '불상'을 써서, 김미상, 이불상 등으로 환자를 불렀다(여러 명일 경우 그 뒤에 1, 2, 3을 붙였다).

이런 환경에서 누가 일하고 싶어 하겠는가? 특히 응급실과 행려병동은 더 그랬다. 아무도 일하고 싶어 하지 않으니 본원에서는 시립병원의 응급실과 행려병동의 경우, 간호사는 1년, 수간호사는 1년 반마다 로테이션시켰다. 하루도 더 버티기 힘든 곳이었기 때문에 로테이션이 빨랐는데 나에게는 아이러니하게도 축복의 장소였다. 나는 그곳에서 행려병동의 수간호사로 2년 4개월을 근무했다.

행려병동에서 일한다고 하면 외부의 시선도 조금씩 달라졌다. 약간의 호기심과 은근한 혐오, 내지는 경멸을 포함한 그 무

* 행려자는 노숙자와는 다르다. 대개 출생 신고가 안 되어 있거나 성인이 된 후에도 주민등록을 하지 않아 정부기관 서류 상 존재하지 않고 통계에도 잡히지 않는다. 이런 사람을 두고 무적자(無籍者)라고도 한다.

엇을 느꼈다. 하루는 본원에서 함께 근무한 적 있는 의사가 내가 행려병동에 있다는 이야기를 듣고 찾아왔다.

"여기서 버티기 힘들 텐데? 그 성질에 그 화를 어찌 다루시려나?"

비아냥거리는 그의 말에는 정말 그 성질에 그 화를 다루기 힘들어 애를 먹었다.

그런데 그 사람의 말이 완전히 틀렸나 하면 그것도 아니었다. 행려병동에서 일하는 동안 나를 힘들게 한 것은 고된 일이 아니라 그 '분노'였다. 행려병동에서 나는 사회와 정부가 도대체 왜 이런 사람들을 양산하는지, 왜 이런 상황에 놓인 사람을 방관 또는 방치하는지를 매일 질문하고 분노했다. 그들이 삶을 재건할 수 있도록 돕지 않는 것 같아 원망스럽기도 했다. 아이러니하게도 그 분노가 나를 행려병동에 조금 더 오래 머물게 만들었다.

사람들은 행려자를 경시한다. 하지만 그들과 내가 무엇이 다른가? 길거리에 쓰러져서 내 신분을, 신원을 확인할 길이 없으면 나도 행려자들처럼 실려 올 수 있다. 내가 좋은 환경에서 좋은 교육과정을 밟았기에 간호사가 되고 여기까지 올 수 있었던 것이지, 그들처럼 열악한 환경에 처해 있었다면 나도 별반 다르지 않았을 게 분명하다. 한 번 정상궤도를 이탈하면 개인이 아무리 애를 쓰고 노력해도 다시 정상궤도로 들어서기 힘들다. 나는 그들을 보고 겪으면서 조금씩 전과 달라졌다. 어찌 보면 내 오만을 내려놓고 겸허해졌다.

솔직히 처음 행려병동에 일하기 시작했을 때만 해도 '왜 이 지경이 되도록 자기 자신을 내팽개쳤나?' 싶은 마음에 환자들에게도 화가 났다. 하지만 어느 날부터인가 그들이 안쓰러웠다.

환자들이 식사용 콧줄을 잡아 빼고, 제대로 움직이지도 못하면서 침대에서 내려오려고 버둥대면 안전을 위해 어쩔 수 없이 손발을 묶었다. 지켜봐 주는 인력은 없고, 식사용 콧줄이나 소변줄 등을 불편하다는 이유로 잡아 빼서 자신에게 상해를 입히거나 침대에서 떨어져 다치는 사고는 막아야겠기에 어쩔 수 없었다. 그런데도 결박감에 힘들어하는 환자를 보면 안쓰러운 마음이 들었다. 풀어주면서 주의사항을 신신당부했다. 그런데도 다시 콧줄을 빼고 침대에서 내려오다 주저앉았다. 그러면 나도 모르게 "환자분, 콧줄 잡아 빼면 안 돼요!" 하고 언성을 높였다. 호통을 치며 얼굴을 붉힐 거였으면 처음부터 풀어주지 말걸 그랬다 싶으면서도 또 묶고 풀어주기를 반복했다. 나는 그 과정에서 화를 냈다가도 안쓰러워하며 몇 번이고 마음이 얼었다 녹았다 했다.

행려이기 전에 한 사람으로

한 번은 그나마 가장 의식이 맑아 보이는 한 환자에게 대화를 시도했다. 내 경험상 남성 환자들은 자신의 이야기를 별로 안 했다. 그런데 행려자는 본인의 이야기를 더 꺼렸다. 술도 안 마신 상태로 그 기구한 사연을 뭐 하러 줄줄이 떠들겠는가. 나는 간호사로 일하는 동안 환자의 침상에는 절대 앉지 않았다. 그런데 그때는 환자의 침대 발치에 가만히 앉았다. 환자도 가만히 있었다. 속으로는 '이 여자는 뭐 하는 건가?' 했을지도 모르지만 아무 말도, 어떤 미동도 없었다. 그런 날들이 며칠 더 쌓이니 환자의 경계가 차츰 풀렸다. 그가 조금씩 입을 열기 시작한 것도 그 무렵부터였다.

"어머니는 무당, 아버지는 난봉꾼이었어요. 매일 술 마시고 행패를 부렸지."

그는 덤덤하게 자신의 이야기를 이어갔다.

"여섯 살 때쯤 중국집에다 나를 팔아넘겼어요. 입이라도 하나 덜자는 심산이었나? 중국집에서 양파 껍질 벗기고, 감자 깎고, 욕먹고 구박받고 맞는 일이 다 내 몫이었어요. 내가 거기서 언제까지 맞고만 있을 거야. 주방장이 너무 때리니까 열일곱 살엔가 수틀려서 중국집 나왔지. 근데 갈 데가 어디 있나? 길거리에서 앵벌이도 하고 소매치기 기술 배워서 소매치기하면서 사는 수밖에."

서울역에서의 노숙도 그때부터 시작되었다.

"거기도 나름대로의 규율이 있어요. 처음에는 몸 누일 자리 구하기도 힘들었지. 겨울에는 또 얼마나 추운지. 길거리패들과 싸울 때도 있었지만 다들 서로한테 관심이 없어서인지 주방장한테 얻어터질 때보다 마음은 편했다니까요."

사람들은 정착을 당연하게 여긴다. 그래서 어딘가에 오롯이 머물지 못하는 사람을 한심하게 보고 틀렸다고 단정 짓는다. 하지만 그들의 이야기를 듣다 보면 삶이 얼마나 고달프고 우여곡절이 많았는지가 느껴졌다. 그럴 수밖에 없을 거라고 그들의 삶을 이해하게 되었다. '행려환자'가 아닌 '사람'으로 그들을 대하게 되었다. 행려병동에서 한 사람, 한 사람이 나의 삶에 잠깐 스쳐 지나갈 때 나는 그들에게 삶을 배웠다.

환자를 한 명 한 명 들여다보며

행려병동에는 혼자 식사를 할 수 없는 환자들이 많다 보니 식사 시간은 언제나 전쟁통이었다. 밥을 먹여야 할 환자는 많은데 도와주는 인력은 턱없이 부족했다. 병동의 보조 인력만으로 전쟁 같은 식사 시간을 해결해야 했다. 밥때가 지나면 영양과에서는 설거지를 위해 환자들의 식판을 걷어갔다. 환자는 많고 손은 모자라니 마음은 급해지고 시간은 늘 부족했다. 그러다 보니 환자들이 빨리 안 먹고 꾸물대면 보조 인력들의 입이 험악해지기 일쑤였다.

"빨리 먹어. 야, 이 새끼야. 빨리빨리 처먹어."

안 그래도 밥을 씹고 삼키기 버거운 환자들이었다. 험한 소리까지 쏟아지는데 밥 한 끼 편히 먹을 수 있을 리 없었다. 환자들이 그렇게 욕을 듣고 있는 게 너무 싫어서 나라도 손을 보태자는 심정으로 환자들의 식사를 도와주기 시작했다. 식사 시간이 오래 걸리는 사람, 부드러운 죽을 먹어야 하는 사람 위주로 보조 역할을 했다. 한 입씩 떠먹여 주다 보면 그 흰죽이 그렇게 맛있어 보였다. '내 자식한테도 제대로 못해줬던 일을 하는구나.' 하는 복잡한 생각이 들기도 했다. 또 한편으로는 이 사람이 흰죽을 먹음으로써 지금 살아있다는 사실을, 단순히 밥만 먹는 게 아니라 내 마음도 함께 삼키며 살아간다는 사실을 새삼스레 느끼며 감정이 뜨거워졌다. 단지 식사를 도왔을 뿐인데 내 존재 자체가 가치 있게 느껴졌다. 고된 일도 도맡아 하는 자원봉사자들의 마음을 조금이라도 이해하게 되는 계기가 되었다.

이제야 간호사가 되다

행려병동에 온 지 얼마 안 된 간호사들은 "이제야 간호가 무엇인지 제대로 알게 되었다."고들 한다. 본원에서는 의사 오더 확인하고, 시행하고, 보호자들의 "언제 검사해요?" "언제 수술 가요?" "약 언제 와요?" 묻는 말에 응대하느라 바빴는데, 행려병동에서는 '이 환자는 욕창이 있으니까 오늘 오전에는 욕창 드레싱 해야지.' '이 환자는 오늘 캐뉼라* 교환하는 날이니까 의사한테는 2시에 연락해야지.' 등등 스스로 간호 계획을 세운다. 때로는 "우리 ○○○ 환자 욕창을 3개월 안에 낫게 해볼까요?" 간호사끼리 서로 인계하면서 목표를 세운다. 목욕도 시키고 머리도 감겨주고 밥도 먹여주고 대변도 치워주다 보면 환자 상태가 저절로 파악되었다. 욕창이 생겼는지, 팔을 움직일 수 있는지를 애써 확인하지 않아도 자연스럽게 알 수 있었다.

* 기관절개관에 꽂아 호흡을 용이하게 하고 가래를 빼내게 하는 관.

환자가 원치 않는 환자의 마지막

폐결핵이 심해 산소 공급 없이는 숨쉬기가 힘든 환자가 행려병동에 입원했다. 자신의 과거를 자세히 말하지는 않았지만 요리사였다고 했다. 정식으로 요리 공부를 한 것은 아니고 주방에서 오랫동안 일하며 요리사가 되었다고. 글을 읽고 이해하는 능력과 판단 능력이 있는 환자였다.

하루는 입맛이 없어서 밥이 안 넘어간다기에 뭐가 제일 드시고 싶냐고 물었다.

"조개젓 무침."

나는 그때까지 조개젓이라는 게 있는 줄도 몰랐다. 내가 직접 조개젓 무침을 만들 수는 없으니 시장에서 조금 사서 식사 시간에 건넸다. 한 점 집어먹더니 자기가 했던 무침이랑 달랐는지 더는 젓가락을 가져가지 않았다.

"날 생각해서 이렇게 가져와 준 것만으로도 정말 고맙소."

그러더니 부탁이 하나 있다고 조심스레 입을 열었다.

"죽으면 하는 거 있지 않습니까. 그… 가슴 막 누르는 거."

"CPR이요?"

"뭐, 아무튼 어차피 오래 못 살 텐데 그거 나한테 하지 말아요. 제발 부탁이니까 수간호사님이 나한테 그거 못 하게 해요."

병실은 다인용이라 가려지는 게 없었다. 같은 병실의 환자가 심장이 멎어 CPR 하는 모습을 본 모양이었다. 입원해 있는 동안 CPR을 하고도 살아난 환자가 없다는 것도 본 듯했다. 의료진이 온 힘을 써서 심폐소생술을 하는 현장을 보면서 같은 환자의 입장에서 고통스럽고 두렵게 느껴졌을 것이다. 행려병동에서는 행려자들의 심장이 멎으면 소생의 기대가 없어도 일단 심폐소생술을 시도했다. 끝까지 그 환자에게 최선을 다했다는 뜻이기도 하고, 도덕적으로나 법적으로 방어하기 위해서이기도 했다.

머지않아 그에게 어레스트arrest(심정지)가 왔다. 내가 잠시 병동을 비운 사이였다.

"수쌤, ○○○ 환자 CPR 중이에요!"

달려가 보니 의사들이 이미 그에게 기도삽관과 심장마사지를 하고 있었다. 갈등했다. '이미 CPR을 시작했으니 가만히 있을까? 어차피 이 환자가 소생하긴 어려울 것 같은데….' 소생이 불가능하다고 여겨지는 환자에게 시행하는 CPR을 우리는 쇼피알이라고 불렀다. 쇼show피알. 즉, 보여주기식 CPR이다. 환자가 사망하면 경찰이 와서 CPR을 했는지, 안 했는지를 확인했다. 행려자들에게 최선의 의료를 했는지를 알아보기 위해서지만 면피하려는 이유도 있었다.

마음이 갈팡질팡하는 와중에 "제발 부탁"한다던 환자의 애절한 표정이 떠올랐다.

"그만하세요! CPR 멈추세요! 환자가 원치 않습니다!"

"무슨 소리예요? CPR 해야죠."

의사를 밀치면서 "환자가 CPR 하지 말아 달라고 부탁했어요!" 하며 CPR을 말렸다. 결국 의사는 얼마 안 되어 손을 뗐다.

"○○○ 환자, △△시 △△분에 사망하셨습니다."

시간이 제법 흐른 지금에는 '그때 내가 그 사람의 옹호자로서 의사意思를 잘 대변했다.'라고 생각한다. 하지만 당시에는 '정말 잘한 일이었을까?' '혹시 소생이 되었을 수도 있지 않을까?' '환자가 원한다고 환자의 뜻대로 한 것이 옳았을까?' 등의 생각으로 CPR을 말린 내 행동의 옳고 그름을 쉴 새 없이 고민했다. 그때는 잠시 마음이 아파서, 가족도 없이 홀로 죽은 그 사람의 잔상이 계속 내 곁에 머무는 듯했다.

무너진 삶을 추스르며 시작된 애도

당신에게는 보여줄 수 없는 죽음

같은 아파트에 사는 이웃에게 남편이 위암일 수도 있다는 이야기를 들었다. 일흔이 되도록 건강으론 걱정 한 번 안 끼치던 양반이 건강검진에서 위암 의심 소견을 받았다는 것이다. 큰 병원에서 검사를 받아보라고 했다는데 어떻게 해야 할지 모르겠다며 글썽였다. 그이가 나에게 큰 도움을 바란 것은 아니었다. 그래도 병원에서 오래 일했으니 이럴 땐 어떻게 해야 하는지 조언이라도 구할 생각으로 이야기를 꺼낸 것이었다.

나는 그들에게 조금이나마 도움이 되기를 바라며 병원과 의사를 소개해 주었다.

그녀의 남편은 위암이 맞았다. 남편의 수술과 항암치료를 함께하다가 종종 나에게 전화를 걸었다. 불확실한 미래에 대한 두려움과 어려움을 토로하며 우는 목소리에는 남편을 떠나보낼지도 모른다는 두려움이 선명했다. 그녀는 최선을 다했다. 유기농 식재료로 극진히 매 끼니 건강식을 챙겼고, 남편의 상태 변화를 일지로 작성해서 진료 때마다 의사에게 보여주었다. 그녀의 노력 덕분인지 1차 항암이 무사히 끝났고, CT 결과도 아주 좋게 나왔다. 부부는 한 고비를 넘기고 살아난 기쁨을 주변과 나누었고, 일도 다시 시작하고 여행 계획을 세우며 희망에 부풀었다.

안도의 기쁨은 오래 가지 않았다. 3개월 만에 추적 관찰 중에 남편의 간에 무언가 보였다. 완전히 사라진 줄 알았던 암이 다시 뿌리를 내렸다. 끝난 줄 알았던 항암이 시작되었다. 처음에는 의지를 다지며 치료와 돌봄에 전념할 수 있었지만 두 번째는 달랐다. 그녀와 그녀의 남편은 심각한 무력감을 느꼈다. 힘겨운 치료를 강행해도 암이 사라지지 않는다면 다 무슨 소용이란 말인가. 남편은 치료고 뭐고 다 때려치우고 남은 인생 하고 싶은 대로 막살겠다고 했지만, 그녀의 입장에서는 '그래도…'였다. 힘에 겨운 건 그녀도 마찬가지였다. 더는 예전처럼 힘이 나지 않아서 매 끼니를 건강식으로 준비하기도 어려웠고, 경제적 부담도 엄청났다. 처음처럼은 안 된다고 눈물을 쏟는 그녀를 위로할 방법이 없었다. 암환자를 돌보는 일은 피 말리는 날들의 연속이다. 예후가 좋으리라는 보장도 없었다.

우여곡절 많은 두 번째 항암치료가 시작되었다. 항암제를 몇 번씩 바꿔가며 치료를 계속하던 중 더 이상 항암제가 반응하지 않게 되자 병원에서는 호스피스 케어를 권했다. 그때는 부부 모두 현실을 격렬히 부정했다. 하라는 대로 다했는데, 최선을 다해서 남편을 간병했는데 도무지 받아들이기 힘든 최악의 결과가 돌아왔다.

환자와 보호자가 현실을 부정해도 암은 빠르게 자란다. 항암치료를 중단하고 몇 달 만에 환자가 주저앉았다. 다리에 힘이 좀 빠지는가 싶더니 하반신이 안 움직이고 소변을 못 누었다. 당황한 가족들이 구급차를 타고 인근 병원의 응급실을 찾았는데, 그곳에서 암세포가 척추로 전이되었다는 소식을 들었다. 가족들은 몹시 당황했지만 환자는 오히려 차분해졌다. 그는 그때부터 가족들에게 자신의 사랑을 거리낌 없이 표현하기 시작했다. 식사도 잘했다. 즐겨 부르던 하모니카 연주를 녹음해 두고, 아내와 자식들에게 사랑한다는 말을 망설이지 않았고, 사이가 안 좋던 동생과도 화해했다. 그녀는 그 모습을 보며 사람이 죽을 때가 되면 변한다더니 정말 죽을 때가 다 되었나 보다고 불안에 떨었다. 금방이라도 그가 자신을 떠날 것 같아서였다.

그렇게 정성을 다했건만 그녀의 남편은 하반신 마비 2개월 만에 욕창이 생겼다. 점점 커지는 욕창을 보며 더는 집에서는 간병이 불가능하다는 판단을 내렸다. 구급차를 타고 호스피스 병원으로 가는 길에 남편은 그녀에게 이렇게 말했다.

"나 이제 우리 집으로 못 돌아오겠지?"

의외로 그는 호스피스 병원에 입원한 후 정서적으로 더 안정되었다. 하지만 24시간을 꼼짝없이 병원에 갇혀 지내게 된 그녀는 양가감정에 시달렸다. 호스피스 입원료의 본인부담률은 5퍼센트 남짓이었지만 부대 비용 등으로 지출되는 간병비가 만만찮아 부담이 컸다. 한창 코로나로 전 세계가 난리였던 시기라 외부 면회도 안 되었다. 사람을 만날 수 없고, 하반신이 마비된 남편의 뒤치다꺼리를 혼자 다 감수해야 하니 체력적으로도 한계에 부딪쳤다. 좁디좁은 보호자 침대에서 그녀는 잠시도 깊고 편히 잠들 수 없었다.

"내심 언제까지 이 짓을 해야 하나 싶어요. 너무 오래 사는 건 아닌가…. 이러다 힘들어서 내가 저 사람을 미워하게 되면 어쩌나 싶고."

수화기 너머로 들려오는 그녀의 목소리가 짐짓 풀이 죽어 있었다.

"그러다가도 한편으로는 이렇게라도 오래 살아주면 좋겠다고 생각해요. 마음이 하루에도 열두 번씩 갈팡질팡해요. 그런 내가 역겹고 이해하기도 싫고."

환자를 간병하는 일이 얼마나 고된지 모르지 않아서 더 안쓰러웠다. 끝났으면 좋겠고 이렇게라도 이어지기를 바란다.

"그동안 오늘은 못 넘길 것 같다는 말을 몇 번이나 들었는지 몰라요. 처음엔 가슴이 철렁하면서 눈물부터 나더니, 이제는 사람이 죽는 게 이렇게 힘든 건가 싶어요."

사이 좋은 부부였던 만큼 이 시간이 그녀에게 더 버거울 수밖에 없었다.

통화를 하고 얼마 지나지 않아 부고 연락이 왔다. 늘 곁을 지키던 그녀가 잠시 자리를 비운 사이에 운명했단다. 어떤 환자는 가족에게 자신의 죽는 순간을 보여주고 싶어 하지 않는다는 말이 있다. 그 역시 그랬을까? 사랑하는 아내에게는 절대 보여주기 싫었던 모양이다.

아무리 준비해도 준비되지 않는 마음

그녀는 장례가 끝나고 완전히 넋이 나갔다. 적막강산 같은 집으로 돌아가니 남편의 부재가 서늘하고 따가운 감촉으로 피부에 닿았다. 집 안을 이리저리 서성여도 남편은 없었다.

몇 날 며칠 식음을 전폐하고 앓아누운 어머니를 걱정해 자식들이 번갈아 오갔지만 다들 돈을 벌어 먹고 살아야 하니 오랜 시간 같이 있어주지는 못했다. 자식 생각해서라도 자리에서 일어나야 했는데, 딱 어디랄 데 없이 몸 여기저기가 아팠다.

남편을 간병하는 동안 그녀는 죽음 바로 옆에 서 있으면서도 죽음을 멀게만 느꼈다. 남편이 떠나고 한동안은 매일 남편의 무덤을 찾았다. 자식들이 아무리 말려도 듣지 않았다. 그렇게라도 해야 숨이 쉬어졌고 하루가 버텨졌다. 집에서 버스를 두 번 갈아타고 언덕을 올라야 하는 곳이었는데도 그 길을 마다하지 않고 가서는 가슴을 주먹으로 치며 울다가 넋두리를 했다.

"나 혼자 어떻게 살지? 차라리 나도 죽을까?"

시린 겨울에도 그녀는 매일 남편의 무덤을 찾아갔다. 차가운 땅바닥에 앉아 울고 있으면 '슬픔의 꼬리가 이렇게 길 수 있나?' 생각했다. 한바탕 울고 언덕을 내려가는 길에는 다른

유가족을 만나기도 했다. 켜켜이 쌓이는 슬픔을 소화하지도, 뱉어내지도 못하는 사람들이 우연히 마주쳐 자신들의 슬픔을 공유하고 슬픔을 나눴다. 사랑하는 이의 죽음 뒤에 남겨진 사람이라는 정체성만으로도 오래 알고 지낸 사이처럼 친밀해졌다. 그녀는 이런 슬픔이 자신만의 전유물은 아니라는 사실에 위로를 받았다. 그들 또한 그랬을 것이다.

추운 날 언덕을 오르내리고 차가운 바닥에 오랫동안 앉아 있어서인지 얼마 안 가 그녀의 무릎이 망가졌다. 무릎이 퉁퉁 붓고 아파서 꼼짝을 못 했다. 동네 병원에서 치료를 받다가도 '오랫동안 함께였던 사람은 죽어 차가운 땅속에 묻혀 있는데 나 혼자 살아보자고 치료를 받고 있네.' 하며 눈물을 흘렸다. 사연을 모르는 의사는 괜히 눈치를 보며 "이 나이에는 무리하면 그럴 수 있어요. 치료받고 쉬면 좋아집니다." 위로를 건넸다.

하루는 친구가 심드렁하게 "네 남편만 죽는 거 아니야."라고 말했다. 그 말에 화가 머리끝까지 난 그녀는 "그래. 네 남편은 얼마나 오래 사나 보자!" 악을 썼다. 자신을 제어할 수 없었다. 몸이 아팠다가도 살짝 괜찮아지면 남편 생각을 떨치려 여기저기를 돌아다녔고 그러다가 다시 아프기를 반복했다. 집에만 있으면 생각이 더 많이 나서 밖으로 나돈 것인데 그러다가 병이 나서 꼼짝없이 집에 있게 되었다. 친구나 자식도 위로가 되지 않았다. 오히려 가끔은 야속했다. 자식들도 아버지를 잃었으니 힘들 거라는 걸 머리로는 알았지만 '슬프긴 한가?' 하는 의문이 들었다. 참 알다가도 모를 일이 아무도 자신의 마음을 알아주지 않는다고 한탄하면서도, 누군가가 위로를 건네면 "당신이 내 마음을 어떻게 알아?" 하고 방어적으로 대응했다. 때로는 위로라고 건넨 말들에 오히려 상처를 받았다. 그 마저도 '내가 남편 없다고 무시하는 거야?' 싶어 자존심이 상했다.

어느 날 그녀는 사위가 운전하는 차를 탔다. 조수석엔 딸이 타고 그녀는 뒷자리에 앉았다. 그런데 문득 남편이 운전을 했다면 조수석엔 자신이 앉았을 거라는 생각이 들었다. 이제 조수석에 탈 일은 없겠구나 싶어 눈물을 쏟았다. 딸과 사위는 영문을 몰라 당황했지만 그 이유를 일일이 설명할 수는 없었다. 언제, 어디서나 남편의 부재 앞에서 무너졌기 때문이다.

무릎이 호전되면서 그녀는 다시 산소에 가기 시작했다. 자식들이 말렸지만 "너희가 썩어 문드러지는 내 마음을 아냐!" 고 오히려 화를 냈다. 그렇게 산소를 다시 다니기 시작한 지 며칠, 통 잠이 오지 않았다. 잠을 못 자서인지 밥도 안 넘어갔다. 정신이 멍하고 감정도 사라졌다. 살아있는 건지 죽은 건지 알 수 없이 몸이 붕 떠서 매사 허둥거렸다. 이러다 말겠지 했던 증상이 사라질 기미를 보이지 않고 지속되니 이대로는 안 되겠다 싶어 병원에서 수면제를 처방받았다. 수면제를 먹으면 푹 잘 수 있을 줄 알았는데, 이상하게 수면제를 먹어도 한 시간 이상 자지 못했다. 그녀는 자신이 점점 깊고 어두운 늪에 빠져드는 걸 느꼈다. 남편이 오라고 손짓하는 것만 같았다. 그래서 그러기로 했다.

그녀는 소주 한 병과 수면제를 챙겨 산소로 갔다. 여느 날처럼 눈물 섞인 넋두리를 하고, 이제 나도 당신 곁으로 갈래요 다짐하면서 혹시 어딘가에 있을지도 모를 사람들의 눈길을 피해 시간을 보냈다. 해가 기울기 시작할 무렵에 소주를 땄다. 수면제도 챙겼다. 남은 일은 입에 털어 넣는 것뿐이었다. 그런데 갑자기, 느닷없이 주위가 새까맣게 어두워졌다. 한 치 앞도 보이지 않는 어둠에 집어삼켜질 것만 같아 무서웠다. 온몸이 후들후들 떨렸다. 진지한 각오로 그곳까지 올라갔건만 칠흑 같은 어둠 앞에서 그녀는 두려움에 떨었다. 그래서 다른 생각을 할 틈 없이, 도망치듯 언덕을 내려왔다. 무릎이 아픈 줄도 몰랐단다. 온몸이 사시나무처럼 떨려서 버스를 기다리고 있을 수도 없었다. 버스정류장을 지나쳐 무작정 걸었다. 어딘지 모를 곳을 향해 걸었다. 산소에서 조금씩 멀어지고 인적에 가까워지자 그제야 주위가 보였다. 조금 전 그녀를 잡아먹을 것 같던 어둠은 어디로 사라졌는지 사방이 어슴푸레했다. 이윽고 몸의 떨림이 멎었다.

그 어둠은 무엇이었을까? 내면의 어둠이었을까? 문득 그녀는 남편이 자기를 구한 것 같다는 생각을 했다. 그러면서 무섭다고, 나 살자고 정신없이 산을 내려온 꼬락서니가 가소롭고 그동안의 넋두리가 우스워졌다. 그리고 한 가지를 더 알게 되었다. 매일 아픈 다리를 끌고 언덕을 오르고 산소 앞에 앉아 넋두리를 한 것은 '그 사람'이 아닌 바로 그녀 '자신'을 위한 것임을 말이다.

그녀는 집으로 돌아와 며칠 호되게 몸살을 앓았다. 몸살이 어느 정도 회복되니 차차 머릿속이 정리되었다. 이리저리로 어긋나고 아무렇게나 튀어 올랐던 생각이 제자리를 찾아갔다. 휘몰아친 소용돌이를 거치고 나자 감정이 차분해졌다. 그리고 자문했다. '내가 정말 죽고 싶었을까?' 그저 혼자 살아야 하는 현실이 힘겨웠을 뿐이다. 그 사실을 인정하자 목구멍에 걸린 가시 같던 날카로운 불편함이 가시기 시작했다. 그녀는 조금씩 살아갈 방법을 찾아갔다. 집이 견디기 힘들면 산소 대신 낯선 곳으로 여행을 떠났다. 혼자서도 가고 사람들과도 갔다. 그렇게 혼자가 된 시간을 견뎠다.

"그렇다고 시간이 약이라고 여기지는 않아요."

그녀는 여전히 남편을 그리워한다. 하지만 2주기가 다가오면서 더디게나마 일상을 회복했다. 한동안 참석하지 못했던 모임에도 나가고, 음식을 만들어 이웃과 나누고, 친구들도 만났다. 불순물처럼 가라앉은 감정이 언제 또 떠오를까 조마조마했지만 그래도 그 감정에 잠식되지 않으려 노력하며 일상을 살려 했다. 신기한 것은 그러다 보니 단단해지고 그렇게 살아진다는 것이다. 혼자서는 불가능할 줄 알았던 일들을 뒤늦게 하나씩 해냈다. 어떨 땐 그로 인한 깨달음을 또 얻었다. 그러니까 혼자서도 살아진다는 것을, 잃은 만큼 얻는 게 있다는 것을. 무너진 삶을 추스르면서 진정한 애도가 시작되었다.

위로를 소화하기 위해 필요한 시간

어느 날 근무 중에 부고 문자를 받았다. 내가 나가던 모임의 구성원인 P의 큰딸 부고 소식이었다. '아직 서른 초중반일 텐데?' 아프단 이야기를 들은 적도 없기에 어떻게 된 일인지 알 수 없었다. P와는 얼굴 정도만 알고 대화 한번 제대로 나누어 본 적 없었다. 그래도 아직 젊은 딸을 보냈으니 장례식장에 들르는 것이 좋겠다는 생각이 들어 무거운 걸음을 옮겼다.

장례식장에 들어서자 "아이고, 왔어?" P가 나를 반갑게 맞으며 빈소 안으로 잡아끌었다.

"우리 딸 본 적 없지? 얼른 와서 사진 좀 봐! 예쁘지 않아?

나 닮아서 예쁘거든."

상황이 상황인지라 P가 왜 이러나 싶었다. '실성을 하셨나?' 뭐라고 대꾸하지도 못하고 당혹감을 숨기지도 못했다. 정말이지 나는 영문을 모른 채로 조문다운 조문도 못 하고 영정 사진 앞에 어정쩡하게 서 있었다.

장례식장은 빈소 입구에 긴 의자가 놓인 형태였다. 유가족은 그 의자에 앉아 있다가 조문객이 오면 빈소 안으로 안내하고, 조문이 끝나면 조문객이 식사 장소로 이동하게 되어 있었다. 하지만 P는 나를 다시 빈소 입구로 데리고 가더니 "집 근처 횡단보도에서 트럭에 치여 즉사했어." 덤덤하게 말했다.

"나도 일하다가 연락받고 바로 와서 아직 딸 얼굴도 못 봤네."

가만히 들여다보니 덤덤한 것이 아니라 딸의 죽음이 실감이 안 나는 것이었다. 눈은 퀭하고 정신은 여기가 아닌 어디 먼 곳을 향해 있었다. P의 이야기를 들으며 내가 다 몸이 떨리는데 정작 P는 눈물도, 한숨도 없었다. 그 몇 마디 이후에는 침묵이 이어졌다. 말하는 법을 잊은 사람처럼 묵묵히 입을 다물고 넋 놓고 앉아만 있었다. P의 남편도 그 옆에 멍하니 앉아 조문객이 올 때만 잠시 몸을 일으켰다. 나는 얼결에 유가족처럼 그들 옆에 앉아 조문객을 맞았다. 세 명이 서로 아무 말 없이 너덧 시간을 보냈다. 그들이 강요한 것도 아니고, 충분히 자리를 뜰 수 있었는데도 이상하게 그러지 못했다. 조문객은 많았지만 누구도 쉽사리 위로의 말을 꺼내지 못하고 그저 목례만이 오갔다. 졸지에 딸을 잃은 부모에게는 식사조차 권할 수 없었다. 그들의 슬픔이 선명하게 와닿으니 오히려 다가갈 수도, 말을 걸 수도 없이 침울함을 공유했다. 나는 자정이 될 때까지 조문객을 맞다가 다음 날 출근을 위해 자리에서 일어섰다.

"그만 가보겠습니다."

내 인사에 그들이 어떻게 대답했는지는 기억나지 않는다. 다만 장례식장을 나서면서야 차마 형용할 수 없는 감정을 느껴, 집으로 돌아가는 차 안에서 혼자 훌쩍거렸다.

일주일쯤 뒤에 P를 모임에서 다시 만났다. 조문 와주어 고맙다는 인사를 하기 위해 나왔다는데 여전히 얼빠진 표정이었다. 그 얼굴을 마주하니 너나 할 것 없이 울음을 터트렸다. P는 그저 눈물 흘리는 사람들을 바라만 보았다. 그러고 두 달간 어디에서도 P를 볼 수 없었다. P가 다시 모임에 나왔을 때는 그 두 달 사이에 얼굴이 반쪽이 되었고, 주름이 깊어져 있었다. 여전히 정신이 다른 곳에 가 있는 듯 멍했다. 모임이 끝나고 집에 가려는데 P가 나를 붙들었다.

"그때는 정말 눈물 나게 고마웠어."

장례식장에서 함께 있어준 일을 말하는 듯했다.

"나 요즘 잠을 통 못 자. 새벽 두 시나 세 시쯤 되면 속에서 천불이 올라와서 미친년처럼 밖에 나가. 나가서 막 중얼거려. 중얼거리면서 싸돌아다녀, 아침까지."

P에게는 친하게 지내던 사람들이 있었기에 그 이야기를 나에게 하는 것이 처음에는 조금 당황스러웠다. 하지만 나는 그저 고개를 끄덕이며 그녀의 이야기를 들었다. 매주 이런 일이 반복되었다. 모임이 끝나면 30분에서 1시간씩 P의 이야기를 들었다.

"잠이 안 와. 밥도 안 먹히고. 애들이 뭐라 뭐라 하는데 귀에 들어와야지. 다 귀찮아. 살고 싶지도 않아."

가끔은 눈물을 보였으나 P는 그마저도 소리를 삼키며 숨죽여 울었다.

"먼저 간 딸한테 미안해서 울지도 못하겠어."

밝은 미래를 꿈꾸고 있던 딸을 하루아침에 사고로 잃은 엄마의 마음을 어떻게 다 헤아릴 수 있을까. 넋두리를 들어주는 일도 쉽지 않았지만 어떻게 도와주어야 하는지 방법을 모르는 것이 더 힘들었다. 딸을 잃은 충격이 나날이 깊어지고 있는 듯해 안타깝기만 했다. 그로부터 반년이 더 흘러, 더는 P를 모임에서 볼 수 없게 되었다.

P를 다시 만난 것은 2년이 더 흐른 뒤였다. 정말 우연히 마주쳤는데 그녀의 얼굴이 예전보다 훨씬 밝아져 있었다. P는 수많은 사람 가운데에서도 나를 한눈에 발견하고 얼싸안았다.

"그때 나한테 위로가 된 사람은 당신밖에 없었어."

대개 애도 기간을 부모 사별은 1년, 배우자 사별은 3~5년 정도라고 한다. 하지만 자녀 사별은 애도 기간을 특정할 수 없다. 몇 년이 지나도, 아니 죽을 때까지도 애도가 계속된다. 사별 중에서도 가장 힘든 것이 자녀 사별이다. 가슴에 묻는다는 말은 도저히 묻을 수 없다는 의미이기도 하다. 투병 생활을 하던 자식이 먼저 죽어도 삶이 갈기갈기 찢기는 듯한데 갑작스러운 사고로 하루아침에 자식을 보내야 한다면 그 심정이 어떻겠는가. 이들에게 '시간이 지나면 괜찮아진다.' '산 사람은 살아야지.' 같은 말들은 위로가 되지 않는다. 오히려 더 고통스럽게 만들 뿐이다.

P는 몇 년 동안 치열하게 슬퍼하고 자신과 싸우고 신과 싸우며 애도 과정을 겪어왔을 것이다. 딸의 부재를 인정하고 살아보기 위하여 얼마나 부단한 노력을 했을지를 말하지 않아도 느낄 수 있었다.

희미해진다는 것
- 어머니의 생

어머니는 태생이 이야기꾼이었다. 딱히 재미있는 내용도 아닌데 맛깔스럽고 궁금하게 풀어내는 능력이 탁월했다. 말수가 적은 아버지와 달리 자기표현에도 확실했다.

어머니도 아버지처럼 실향민이었다. 이북에 있을 때 언니와 오빠를 공산당에 잃어서인지 평생 공산당을 무서워하고 끔찍하게 여겼다. 피난 도중 부친과 다른 오빠들과도 영영 헤어지게 되면서 어머니는 졸지에 10남매 중 남은 5남매의 맏이가 되었다.

어머니 말에 따르면 피난길은 그야말로 시체를 넘고 넘는 고행길이었다. 세 살짜리 동생을 등에 업고 이불보따리 이고 어머니는 걷고 또 걸었다. 1월의 혹독한 추위와 싸우며 평양에서 문산까지 왔을 때 식구들은 지치고 배곯아 병들기 직전이었다. 그러다 어느 인적 드문 집에서 하루 신세를 지게 되었고, 그 집에서 키우는 황구 한 마리를 보았다. 당시 이북에서는 보신탕이 아주 좋은 몸보신 음식이었다. 외할머니는 '저 개를 잡아야 우리 식구가 살겠구나.' 하셨단다. 외할머니의 친정집은 평양에서 큰 포목점을 했다. 외할머니의 피난짐에는 친정에서 챙겨준 비단 한복과 비단 천이 제법 많았다. 외할머니는 집 주인을 구슬려 비단 한복저고리와 황구를 맞바꾸고, 그걸로 보신탕을 끓였다. 눈앞이 노래지던 순간에 먹었던 그 보신탕의 맛을 어머니는 평생 잊지 못했다.

이리(지금의 익산)쯤 갔을 때 외할머니와 이모(어머니의 여동생)가 장티푸스 장염으로 드러누웠다. 피난 상황이라 두 사람을 모두 돌볼 형편은 안 되었다. 못되고 모질더라도 죽으면 죽고 살면 좋고 심정으로 어머니는 자신의 동생을 이불에 싸서 윗목에 밀쳐두었다고 한다. 그 동생이 남자였다면 살리려고 애썼을까? 그때만 하더라도 여자는 밥만 축내는 쓸모없는 존재라고 여겼기에 그런 선택을 하게 되었을지도 모른다. 어머니는 정어리 한 마리를 작게 조각내어 한 끼에 한 조각씩 구워

할머니의 입에 넣어드렸다. 어머니는 생선 굽는 냄새 앞에서 본능적으로 치미는 허기를 원망하며 배고픔을 견디고 또 견뎠다. 할머니가 간신히 기력을 찾았을 때 다행히 이모도 회복되었다. 어떤 치료나 돌봄도 없었지만 살 운명이었다는 듯 살아났다. 죽음의 불규칙성, 예측 불가능성이었다.

피난 시절 어머니는 죽음을 수없이 보았고 수많은 죽음의 고비를 넘겼다. 그래서였는지는 모르겠지만 어머니는 무엇이든 열심히 했다. 지는 걸 싫어했고, 배우기를 게을리 하지 않았으며, 자식들이 어느 정도 크자 늦은 나이에 전문대학에 입학해 어린 학생들과 수업을 들었다. 새로운 기계나 물품, 약품을 사면 돋보기로 설명서를 유심히 읽으며 주의사항을 살폈다.

아버지가 돌아가신 후에도 크게 다르진 않았다. 3년 가까이 혼자서 하고 싶은 일을 하며 어머니는 자유롭게 살았다. 변화는 3년째 되던 해부터 일어났다. 어머니는 우울해했고 식사를 걸렀다. 혼자만 있는 걸 두려워했고 밤잠을 설쳤다. 사람마다 죽음을 받아들이는 시차가 다른 법이다. 누군가는 그 즉시 빈자리를 느끼고 고통스러워하지만 누군가는 시간이 어느 정도 지난 다음에야 한 사람의 죽음을 온전히 받아들인다. 나는 어머니에게 그 시간이 왔음을 어렵지 않게 깨달았다.

"나랑 같이 사시려우?"

내 물음에 어머니는 반색했다.

"그럴까?"

"나랑 살면 살림도 좀 하셔야 하고 아직 초등학생인 애도 보셔야 할 텐데 괜찮겠수?"

"뭐, 학교 다니는 애면 다 컸는데 뭘…."

내가 어머니를 모셨다. 정확히는 내가 얹혀살았다. 적막했던 집에 이 사람, 저 사람의 소리가 채워져서인지 어머니도 곧 생기를 찾았다. 전처럼 여러 활동을 하고 먼 곳도 마다 않고 부지런히 다녔다.

일흔을 넘기면서 어머니에게는 고지혈증, 고혈압, 당뇨 3종 세트가 생겼다. 건강 관리를 철저히 해도 시간의 무게를 이기지는 못했다. 그러던 어느 날이었다. 그날은 어머니가 내가 근무하는 병원에서 진료를 받기로 한 날이었다. 한창 일하던 중에 응급실에서 전화가 왔다. 지금 어머니가 응급실에 계시니 와달라는 것이었다.

"심장의 관상동맥혈관 두 개가 거의 막혀 갑니다."

지하철 승강기가 고장 나 어머니는 계단을 올랐다. 그런데 가슴이 고춧가루 뿌린 듯 얼얼하고 불붙은 듯 뜨거워지더니 숨이 몹시 찼단다. 계단을 다 올라와서 잠깐 앉아서 쉬니 증상이 사라져서 병원까지 살살 걸어왔다고 했다. 진료 중에 그 말을 들은 담당 의사가 이상을 감지해 어머니를 응급실로 보낸 것이 경위였다.

검사 결과 어머니의 병명은 협심증*이었다. 심장의 관상동맥혈관을 넓히기 위해 스텐트를 두 개 삽입했다. 어머니 인생 처음으로 심장 중환자실에 입원했다. 그 정도의 시술이 충분히 부담이 갈 수 있는 나이였기에 걱정했지만 다행히도 어머니는 잘 회복했다. 퇴원 후 다시 운동도 다니고, 미국 사는 아들네 집에도 혼자 한 달간 다녀왔다. 장기간 비행은 젊은 사람들도 힘들고, 낯선 타국으로 가는 것이 두려울 만도 한데 그 어려운 걸 해냈다.

어머니는 여든이 넘도록 주 3회 아쿠아 에어로빅을 다녔다. 오랫동안 같이 운동하던 다른 어르신들이 실금, 실변, 치매로 회원 자격을 얻지 못하는 것을 보며 어머니도 자신에게 올 그 날을 염려했다.

* 심장은 크게 세 개의 심장혈관(관상동맥)에 의해 산소, 영양분을 받고 활동한다. 이 세 개 중 하나라도 막히면 심장에 혈류 공급이 감소하면서 산소 및 영양 공급이 급격히 줄어들어 혈류가 부족해지는데 이 상태가 협심증이다.

머지않아 그날이 왔다. 어머니는 85세를 넘기며 급격히 기력이 쇠하기 시작했다. 운동을 줄이기는 했지만 그래도 일주일에 두 번은 꾸준히 나갔다. 운동 횟수는 줄이더라도 아쿠아에어로빅을 함께하는 사람들과의 점심 모임은 유지했다. 기운이 없고, 식사량도 줄었지만 정신이 또렷하고 기억력도 좋았으며 외출도 혼자 거리낌 없이 했기에 조금은 안도했다.

88세가 되던 봄, 어머니가 감기로 몸져누웠다. 아파도 오래 누워 있지를 못하는 어머니가 하루 종일 잠만 자기에 이상하다는 생각이 들었다. 약이 과했나? 몸이 많이 안 좋으신가? 어머니가 비틀거리며 화장실로 갔는데, 곧 '쿵' 묵직한 소리가 났다. 나중에야 알게 된 사실이지만 어머니는 빨리 회복하고 싶은 욕심에 병원 처방약과 약국에서 임의로 지어온 약을 이틀간 동시 복용했다. 노인의 몸은 과량의 약을 이겨내지 못한 것이다.

다급히 화장실로 가니 입술이 청보라색으로 변한 어머니가 의식을 잃고 쓰러져 있었다. 반듯이 눕히고 맥박을 짚었지만 잡히지 않았다. 본능적으로 CPR을 시행했다. 연세를 고려해 충분히 깊숙이 심장을 압박하기 어려웠다. 1~2분쯤 지났을까? 다행히 의식이 돌아온 어머니가 켁켁 하며 찐득한 가래를 뱉어냈다. 입술색도 돌아왔다. 그런데 다시 맥을 짚어보아도 맥이 제대로 느껴지질 않았다. 혈압을 쟀더니 혈압도 안 잡혔다. 그사이에 도착한 구급차를 타고 병원으로 향하는데, 구급차에서도 맥박과 혈압이 유지되지 않고 널뛰었다. 응급실에 도착해 어머니의 진찰권 번호를 말하려는데 익숙하던 그 번호가 떠오르지 않았다. 그제야 내가 얼마나 놀랐는지를 알 수 있었다.

응급실에서 심방세동* 치료를 집중적으로 받고, 새벽녘에 어머니가 안정되었으니 귀가해도 좋다는 이야기를 들었다. 어머니에게 겉옷을 입히려고 하는데 왼쪽 팔이 툭 떨어졌다. 왼쪽 다리도 움직이지 않았다. 심방세동으로 인한 혈전이 뇌혈관을 막으며 생긴 증상이었다. 어머니는 다시 응급환자가 되었다. 신경과를 콜하고 뇌혈관을 뚫는 시술을 했다. 쉽게 뚫리지 않아 꽤 오랜 시간 시도했다. 노인네가 그 시간을 버텨준 게 용할 정도였다.

시술이 끝나고 어머니는 응급실에서 준중환자실로 옮겨졌다. 음식을 삼키지 못하니 콧줄을 꽂고 누워 있었다. 바이탈이 안정되자 재활치료가 시작되었다. 급성기병원**에 계속 입원

* 심방에서 발생하는 빠른 맥으로 불규칙한 맥박을 일으키는 부정맥 질환.

** 급성 질환, 응급 질환을 진료하는 상급종합병원.

해 있을 수 없어서 다른 병원을 알아보는데 의외로 서울에 재활을 중점으로 하는 요양병원이 별로 없었다. 전에는 환자들이 "갈 만한 병원이 없어요."라고 하면 속으로 '병원이 이리 많은데 갈 데가 그렇게 없나?' 싶었는데, 내가 직접 당사자가 되니 환자들의 말을 이해할 수 있었다. 아파트가 아무리 무수해도 내 집은 없는 것과 비슷했다. 병원은 많아도 갈 수 있는 병원이 없었다.

다행히 개업한 병원에서 재활치료를 한다기에 전원轉院을 서둘렀다. 어머니는 운신을 못 하는 자신을 요양병원에 버린다고 생각해 못내 서운한 눈치였다. 끔찍이도 싫어하던 일이 당신에게 일어난 것이었다.

3개월을 더 입원해 하루 두 번씩 재활치료를 진행했다. 어머니가 혼자 지팡이 짚고 걷고 식사할 수 있게 된 후에야 퇴원했다. 다행스럽게 초기에 집중 재활치료를 한 덕에 경미한 후유증만 남았다. 왼쪽에 힘이 안 들어가서 활동에 이전보다 많은 제약이 생겼지만 집 안에 설치한 바를 잡고 혼자 일상생활이 가능했다. 어머니는 시간이 흘러 몸이 회복되면 다시 아쿠아 에어로빅에 갈 수 있을 거라는 기대에 수영복을 차마 못 버렸다. 하지만 시간은 어머니를 치유하기보다는 더 쇠약하게 만들었다. 시간은 어머니의 편이 아니었다. 그 사실을 받아들이며 어머니는 침울했다.

운동뿐 아니라 충분한 활동을 못 하면서 어머니의 근력이 현저히 떨어졌다. 그로 인해 요통이 생겨 몇 달을 고생했고, 통증의학과에서 여러 번의 시술을 받았다. 반년이 더 흐르자 노인장기요양보험 3등급이 나와서 요양보호사가 주 5회 집으로 방문했다. 요양보호사가 오면 보행기 끌고 산책도 정기적으로 했는데 덕분에 요통이 줄고 입맛도 돌았다. 뇌혈관 문제가 있었던 만큼 혹시라도 혈관성 치매가 올까 봐 퍼즐조각 맞추기, 게임하기, 간단한 책 읽기로 뇌에 자극을 주려 했고, 어머니가 직접 유튜브 영상도 찾아보며 나름 지루하지 않은 나날을 보냈다. 어머니의 시간은 그렇게 더딘 듯 빠르게 흘러갔다.

생생해진다는 것
- 어머니의 죽음

어머니는 잠시도 가만히 못 있는 성정이었다. 활발하고 성격이 급했으며 남들 손에 무언가를 맡기고 가만히 두고 보지만은 않았다. 그랬던 어머니의 기운이 하루아침에 빠졌다. 전날까지만 해도 나박김치를 담그겠다고 요양보호사와 장을 봐왔는데 몸을 일으키지를 않으셨다. 평소 같았으면 나박김치 만들 준비에 부산스러웠을 터였다.

"어디 아프세요?"

"아니… 못 일어나겠어."

"왜요? 물 좀 가져다 드려요?"

"아니, 조금만 더 누워 있을게."

목소리에도 힘이 없었다. 가만히 누워만 있는 어머니가 못내 신경 쓰였지만 결국 나는 출근을 했고 그 자리를 요양보호사가 채웠다. 그런데 얼마 지나지 않아 요양보호사에게서 전화가 왔다.

"할머니가 이상하세요. 통 음식을 못 드세요. 누룽지를 끓여 드리는데도 안 드세요."

집으로 와 보니 어머니는 아침에 본 그 모습 그대로 누워 있었다. 식탁 위에는 요양보호사가 혼자 만든 나박김치 한 통이 있었다. 그래도 아침에는 무슨 말이라도 했는데 이제는 말없이 고갯짓만 했다.

"병원 갈까요?"

고개를 저었다.

"뭐라도 드실래요?"

다시 고개만 저었다. 숟가락으로 물을 떠서 입에 넣어주면 사레들지 않고 삼키는데, 미음이나 음식은 입안에 물고 삼키지 않았다. 그 모습을 보며 나는 문득 어머니가 금방이라도 희미해져 사라질 것만 같았다.

그날부터 어머니는 누운 채 모든 활동을 중단했다. 요양보호사에게만 의지할 수는 없게 되었다. 요양보호사는 매일 3시간씩 머물렀는데, 꼼짝도 못 하는 노인을 케어하기에는 턱없이 부족한 시간이었다. 어머니가 언제 회복해 자리에서 일어날지도 미지수였고, 내가 갑자기 일을 쉴 수도 없는 상황이었다. 종일 돌보아줄 사람이나 장소를 찾아야 했다. 그게 몹시 어려웠다. 애플리케이션, 인터넷을 다 뒤졌지만 당장 다음 날부터 단기간 어머니를 보살펴줄 사람을 구할 수는 없었다. 나는 대학교에서 강의를 하고 있었고, 그때는 2학기 막바지라 강의 대타를 구할 수도 없었다. 하는 수 없이 내가 방학을 할 때까지만이라도 어머니를 오빠 집에 모시기로 했다. 어머니를 데려다주고 오는 길 내내 마음이 불편했다. 익숙하지 않은 곳에서 잘 지낼지, 무엇보다 건강이 좋지 않은 올케에게 부담이 되겠기에 걱정이 앞섰다.

어머니의 건강은 그 무렵 더 빠르게 악화되었다. 그전까지는 딱히 말을 하지는 않아도 눈을 맞추고 사람도 알아보고 눈빛으로 반가움을 표했다. 물과 미음을 삼키는 데도 문제없었고, 기대어 앉혀만 주면 돋보기를 쓰고 성경도 읽었다(성경을 제대로 이해하며 읽었다기보다 오랜 습관이었다). 하지만 매일 눈에 띄게 상태가 악화되더니 그렇게도 혐오하던 기저귀를 차게 되었다. 어머니의 몸에는 욕창이 생기기 시작했고, 호흡도 조금씩 거칠어졌다. 더는 오빠네 부부가 어머니를 돌보기 어려워졌다.

코로나19가 극성이던 시기여서 요양원 입소나 요양병원 입원이 매우 힘들었다. 일단 코로나 검사상 음성이 나와야 하는데 혼자 움직이지도 못하는 어머니를 선별진료소까지 모시고 가서 검사를 하는 것부터가 난관이었다. 우여곡절 끝에 방문진료를 해주는 병원과 연결이 되었고 그 병원 의사의 도움으로 인근 요양병원에 입원하기로 했다.

요양병원은 집에서 멀지 않은 곳이라 좋았다. 상담도 친절하게 해주었는데 환경이 약간 열악해 보였다. 입원 전에 어머니가 사전연명의료의향서를 써두었으며 자녀들도 그 내용을 존중하고 있으니 음식 주입용 콧줄을 비롯한 모든 연명의료를 거부한다고 충분히 설명했고 복사본도 건넸다. 그리고 병원에서 요구하는 DNRDo Not Resuscitate(심폐소생술 금지) 문서에도 서명했다.

입원 전날 식구들과 함께 욕실에서 어머니를 말끔히 씻겼다. 칫솔로 양치도 하고 샤워기로 머리도 감겨주었는데 샴푸를 할 때는 본능적으로 어머니가 손가락으로 머리를 긁었다. 로션을 바르고 욕창 드레싱dressing*까지 마치자, 어머니는 금방 잠이 들었다. 집에서 보내는 마지막 밤, 어머니는 밤새 호흡을 고르게 내쉬며 편히 잠들었다.

다음 날 구급차를 타고 요양병원으로 갔다. 어머니는 의식은 있는데 눈을 감고 미동 없이 숨을 약간 몰아쉬고 있었다. 집에서도 몇 번이고 설명했지만 한 번 더 어머니의 귀에 대고 상황을 설명했다. 그리고 약속했다.

"엄마, 며칠만 여기 계세요. 제가 방학하는 대로 바로 집으로 모실게요."

나는 어머니에게 핸드폰과 충전기를 챙겨주었다. 매일 상태가 안 좋아지는 것을 보았으면서도 혹시나 하는 기대를 품었다. 혹시나 다시 예전처럼 핸드폰을 들여다보고, 직접 전화라도 하지 않을까 싶었다. 오빠는 그때 어떤 예감이 들었는지, 어머니에게 일종의 작별 인사를 했다. 나는 그저 시간적 여유만 생기면 집으로 모셔올 생각만 했는데 오빠는 어머니에게 인사를 고하기에, 이해가 가면서도 착잡함이 밀려왔다.

우리는 병원 입구 엘리베이터 앞에서 헤어졌다. 코로나19 탓에 병실로 올라갈 수도 없었다. 그저 어머니가 머무는 병실이 다인실이라는 이야기만 전해 들었다.

* 상처를 치료하는 일.

면회가 안 되니 요양병원에서는 매일 환자의 상태를 전화로 알려주었다. 호흡이 살짝 거칠어서 산소마스크를 쓰고 수액도 들어가고 소변줄도 착용하고 있다고 했다. 대강 그림이 그려졌다. 달리 나쁜 이야기는 더 없었다. 요양병원에 입원 중인 그 많은 환자의 상태를 매일 아침 보호자에게 전화로 알려주는 수고가 크겠기에, 나 또한 그 노고를 이해하기에 더 자세히 물어보기도 미안했다.

입원 5일째 새벽에 요양병원에서 전화가 왔다. 어머니의 상태가 좋지 않으니 아침 일찍 면회를 오라고 했다. 전날까지만 해도 별 변화가 없다고 했는데 갑자기 상태가 안 좋다고 하니 형제들 모두 부랴부랴 요양병원으로 갔다. 많은 시간이 주어지진 않았다. 한 사람씩 5분 동안만 면회가 가능했다. 가운과 마스크, 모자와 장갑까지 풀로 장착하고 차례대로 병실에 들어갔다.

나는 어머니를 보고 놀랐다. 산소마스크를 쓰고는 있었지만 이미 팔다리가 차고 청색증이 보였다. 호흡도 몹시 거칠었다. 수액 때문인지 얼굴을 비롯한 온몸이 퉁퉁 부어서, 나도 모르게 부은 팔다리를 주물렀다. 어머니의 처참한 모습에 눈물이 쏟아지고 화가 치밀었다. 임종기에는 연명의료를 하지 않겠다는 의사를 분명히 밝혔는데, 이렇게 고생시키지 말아 달라고 그렇게 신신당부했는데, 모두 무용했다.

"이제 이 세상과 자식들 걱정 다 놓으시고 편안히 하늘나라 가세요. 밝은 빛을 따라가세요. 어머니가 내 어머니여서 나는 참 좋았어요. 어머니 덕에 잘 살 수 있었어요. 감사해요. 사랑합니다."

그 말을 끝으로 면회를 마치고 나왔다. 나는 나오자마자 의사를 찾아갔다. 그런데 입원 시 만났던 의사가 아니었다. 왜 강심제*를 사용했냐고, 그러니 의미 없는 고통의 시간만 길어진 게 아니냐고 물었다. 의사는 난처한 얼굴로 그러지 않으면 고소를 당한다고 했다. 어처구니가 없었다. 요양병원에는 의료윤리위원회가 없어서, 사전에 연명의료는 안 한다고 그렇게 강조했어도 아무 소용이 없었다. 그 현실이 기가 막혔다. 어머니가 죽음을 앞둔 상황이었기에 나는 답답하고 화가 났음에도 더 따져 묻지 않았다. 내가 사랑하는 사람에게 죽음의 그림자가 짙게 드리운 때에도 시간은 흘러가고 나는 오후 수업이 있었다. 무거운 발걸음을 애써 옮겨 나는 요양병원에서 나왔다.

* 심장 박동을 강화하는 약물로, 주로 심박출량이 감소된 심부전 치료에 사용된다. 죽음이 가까운 환자에게 일시적으로 혈압을 높이기 위해 사용하기도 한다.

다른 형제들이 요양병원 대기실에서 대기하는 동안, 나는 집으로 돌아와 수업을 진행했다(사회적 거리 두기가 한창이었기에 ZOOM으로 수업을 진행했다). 마침 그 수업은 '웰 라이프, 웰 다잉'을 다루는 죽음 준비 교양수업이었다. 공교롭게도 그날은 비탄과 애도가 주제였다.

3시간짜리 수업을 1시간쯤 진행했는데 "지금 막 운명하셨다."는 문자가 왔다. 머리를 한 대 얻어맞은 듯 멍했다. 그래도 학생들에게 내색할 수는 없었다. 애써 아무렇지도 않은 척 수업을 진행했다. 수업은 어떻게든 하겠는데 학생들의 토론 시간에는 마음이 자꾸 흐트러졌다. 학생들에게 솔직히 상황을 말하고 수업을 종료할까도 고민했다. 하지만 말하다 보면 나도 모르게 눈물을 보일 것 같아서 겁도 났다. 지금 생각해 보면 그냥 우는 모습을 보였어도 괜찮았을 것 같은데 말이다.

연예인이나 대중을 상대로 강연 또는 공연하는 유명인들이 자신의 부모님이 돌아가셨다는 소식을 듣고도 아무렇지도 않은 척, 하던 일을 마무리 지을 수밖에 없었다고 말하며 힘듦을 토로하는 것을 보았는데 그때 내가 그랬다. 차마 입 밖으로 어머니의 죽음을 꺼내기가 어려웠고 의지와 상관없이 치미는 감정을 억지로 눌렀다. 그것이 나에게는 최선이었는데 최적이었는지는 여전히 잘 모르겠다.

어머니의 장례식은 조용히 치러졌다. 일가친척과 알려야 할 분들에게만 알렸다. 역시나 코로나19로 인한 선택이었지만, 문상객이 적었던 덕분에 문상객과 또 형제들과 어머니에 대한 추억을 많이 나눌 수 있어서 좋았다. 외숙모와 이모들은 불과 3주 전에 어머니를 만나 점심을 먹었던 것을 회상하며 어쩜 이렇게 빨리 가시냐고 놀라워했다. 그리고 나는 장례를 치르며 어머니가 훨씬 많은 사람에게 사랑과 존경을 받았음을 알게 되었다. 또 그 점이 위로가 되었다. 고인에 대한 다양한 추억과 그분의 삶에서 가족들이 몰랐던 모습을 듣고 위로가 되는 것, 이것이 장례식의 순기능 중 하나였다.

어머니의 시신이 관에 들어가는 순간, 나의 슬픔이 가장 깊은 곳까지 가닿았다. 아버지가 돌아가셨을 때는 입관 시 가족들의 참관 하에 몸을 닦고 수의를 입히고 시신을 묶고 관 속에 넣는 것을 다 보여주었는데, 어머니는 얼굴을 예쁘게 화장하고 수의도 깨끗이 입혀져 종이꽃 사이에 눕힌 상태로 만났다. 평생 그런 짙은 화장을 해본 적 없는 분이기에 그 진한 화장이 낯설었다(아마도 얼굴에 시반이 심해서 감추기 위함인 듯했다). 나는 관 속에 평소 어머니가 끼던 보청기와 들고 다니던 꽃 수건을 넣어드렸다. 관이 닫힐 때는 단절이 주는 아픔을 느꼈다.

장례가 끝나고 한 줌의 재를 추모공원에 안치하고 돌아왔다. 집이 유난히 넓고 휑했다. 어머니의 짐은 그대로 있건만 어머니가 없었다. 체취도 그대로인데 불러도 대답이 없었다. 아직도 나는 나도 모르게 "엄마, 그거 어디에 있어요?" "엄마, 그거 어떻게 해야 돼?" 허공에 묻곤 한다. 한 사람이 그저 한 몫을 하는 건 아니었는지, 빈자리는 채워지지 않고 비워져 있었다.

사람들은 이사를 해보라고 권한다. 그런데 아직은 그럴 생각이 없다. 우리 어머니와 오랜 시간 보냈던 아이들도 제 할머니 물건을 버리지 못하게 한다. 아직도 그 냄새를 흠흠 맡는다. 그러니까 우리는 여전히 애도 중인가 보다.

위기에 놓인 보호자

병원에 마냥 입원해 있을 수는 없어서 퇴원하지만 지속적으로 의료적 도움이 필요한 환자들이 있다. 그때마다 환자를 구급차에 태워 병원을 오갈 수도 없으니, 국가 전문간호사자격증이 있는 잘 훈련된 가정전문간호사들이 가정으로 방문해 병원에서 받을 수 있는 처치를 제공한다. 나는 2002년도 후반부터 병원의 가정간호사업팀에서 일했다. 내가 근무했던 병원에서는 루게릭 환자, 파킨슨 환자, 말기암 환자, 가정용 인공호흡기를 장착한 환자, 특히 소아 환자가 있는 가정으로 많이 방문했다.

환자의 집에 가보면 환자와 그 가족들의 삶이 보인다. 병원에서는 알 수 없는 히스토리들에 순식간에 노출된다. 병동에서 일하던 베테랑 간호사들도 가정전문간호사로 환자의 가정을 방문하면 "제가 머리가 아픈 건지 가슴이 아픈 건지 모르겠어요." 하고 괴로움을 호소한다.

가정에서 간호가 이루어지다 보니 환자와 간호사의 라포rapport 형성이 더욱 중요하다. 가정에서는 간호사의 일거수일투족이 그대로 드러나고, 무심코 던진 한마디에 시간을 들여 어렵게 형성한 라포가 무너지기도 한다. 돌봄 부담감이 엄청난 보호자를 케어하는 것도 가정간호의 일부분이 된다. 그런 이유에서 가정전문간호사가 처음 환자의 집에 방문할 때는 가급적 처치를 하지 않는다. 환자의 상태를 확인하고 가족의 돌봄 기능과 지지 정도를 살피고, 그에 필요한 교육만 한다. 환자가 평소 다니던 병원에 소속된 간호사라도, 간호사의 가정 방문은 환자나 가족에게는 낯설고 불편한 일이다. 따라서 기초적인 라포 형성이 중요하고, 통증이나 불편을 야기할 처치는 안 하는 편이 서로에게 좋다. 아무리 능숙한 간호사라도 환자 입장에서는 낯선 이의 손길이 편할 리 없다.

방문하던 환자의 상태가 변화(악화)하는 응급 상황이 발생하면 난감하다. 병원에는 의사가 상주해 있고 검사도 즉시 진행할 수 있지만, '집'이라는 가정간호 현장은 가정전문간호사가 오롯이 혼자 감당한다. 어떤 검사도 할 수 없이 혼자 판단하고 결정하는 부담을 감내해야 한다. 환자의 상태에 어떤 변화가 있는 것 같은데 악화되었는지 아닌지 판단하기 애매할 때는 더 난감하다. 응급실로 환자를 이송해도 될까 싶고, 외래는 당일 진료가 불가능하니 며칠은 기다려야 한다고 보호자에게 말하기도 조심스럽다. 그만큼 가정간호는 신경 쓸 게 많고, 환자뿐만 아니라 그 가족과도 관계를 맺게 된다.

M/52세, cerebral palsy*로 오랜 와상 상태, L-tube** 및 유치도뇨관*** 교환이 필요함.

의사가 EMR(전자기록)로 송부한 환자의 상태와 가정간호 의뢰 내용은 간단했다. 다만 52세라는 점이 눈에 띄었다. 뇌성마비로 오랜 기간 누워 지낸 환자가 이 나이까지 살기는 쉽지 않았다. 뇌성마비로 와상 기간이 길어지면 각종 합병증들

* 뇌성마비.

** 음식 주입용 콧줄.

*** 장기간 소변줄을 방광에 거치해 두기 위한 소변줄.

이 생기고, 원인을 알아도 환자가 거동할 수 없기에 해결도 어려웠다. 걷기보다 좋은 운동은 없다는 말처럼 사람은 움직여야 건강을 유지할 수 있다. 움직이지 않으면 폐나 방광에 염증이 발생하기 쉽고, 욕창이 잘 생기는데 잘 낫지도 않는다. 따라서 52세에 와상 상태가 오래 지속된 환자가 여전히 살아있다면 누군지는 몰라도 지극정성으로 돌보았다는 증거였다.

콧줄과 소변줄 교환을 위해 환자의 집으로 갔다. 누가 이 환자를 그렇게 지극정성으로 돌보고 있나 했는데, 환자의 형님 내외였다. 환자를 직접 먹이고 씻기고 돌보는 순이 씨도 있었다. 순이 씨는 지능이 상당히 떨어져서 아주 단순하고 거듭 훈련된 일만 할 수 있었고 일반적인 대화를 나누기는 힘들었다. 30대 중반쯤으로 보였는데, 낯선 사람 앞에서 수줍음을 많이 탔고 머리카락에 예쁜 핀을 꽂거나 나풀거리는 옷 입기를 좋아했다. 공직에 있던 환자의 형님이 오래전 길에 버려진 어린 순이 씨를 데려다 딸처럼 키우며 돌보았다고 한다. 동생 하나 돌보기도 힘들 텐데 참 존경스러웠다. 이런 형님 내외의 배려와 보살핌을 순이 씨도 알았는지, 그들을 부모처럼 여겼고 환자는 동생처럼 아꼈다. 아마도 자신이 일일이 돌봐주어야 하고 말도 못하니 52세의 환자를 자기보다 어리다고 여기는 듯했다. 순이 씨는 환자의 형님 내외와 함께 환자의 콧줄로 미음을 먹이고, 소변 주머니를 비우고, 돌아 눕히는 일을 소홀히 하지 않았다.

환자는 실내에만 있어서 피부가 매우 희고 주름이 없었다. 오랫동안 누워 지낸 탓에 왜소한 몸을 태아처럼 웅크리고 있었다. 눈은 뜨고 있었지만 눈 맞춤이 정확하지 않았고 소리를 내지 못했다. 물론 손발의 움직임도 자유롭지 않았다. 이 환자의 집에 한 달에 1~2회를 정기적으로 방문했다.

그러던 어느 날, 환자의 형수가 암을 진단받았다는 소식을 들었다. 이미 집에 강도 높은 돌봄 노동을 요하는 환자가 있는데 또 환자가 발생해서 참 힘들겠다 싶었다. 와상 환자를 위해 방문한 가정에서 본의 아니게 암 환자에 관한 간병도 간섭할 수밖에 없었다.

그녀는 항암치료를 받으면서 부작용 때문에 몹시 고통스러워했다. 치료 경과도 그다지 좋지 않았다. 2년간 꾸준히 항암치료를 받았지만 간과 신장이 망가지면서 결국 속절없이 무너졌다. 시동생을 오랫동안 지극정성으로 간호한 그녀가 시동생보다 이른 죽음을 맞았다.

그녀의 남편은 배우자 사별에 삶의 절반을 잃은 듯 절망했다. 특히 항암치료로 오랜 시간 아내를 고통에 시달리게 한 것 같아 미안해했다. 이는 말기암 환자의 가족들에게서 흔히 나타나는 심리다. 치료 가능성이 낮더라도 가족의 입장에서는 실낱같은 희망에 의지할 수밖에 없다. 그 독한 치료의 끝에 환자가 결국 사망에 이르면, 가족의 입장에서는 자신의 욕심 때문에 사랑하는 사람을 더 고통스럽게 만들었다고 생각해 심히 자책한다. 나는 그런 사례들을 빈번하게 보았기에 그의 슬픔도 시간이 지나며 차차 가라앉고 굳은살이 생기기를 바랐다. 그땐 보호자의 정신건강까지는 헤아리지 못했고, 애도 과정의 필요성과 도울 수 있는 일이 무엇인지도 몰랐다.

그녀가 죽고 한 달이 지났을까, 두 달이 지났을까? 와상 환자의 형, 그러니까 암 환자인 아내를 떠나보낸 보호자가 사무실로 전화해 울부짖었다.

"나 죽을 거 같아요. 죽고 싶어요. 아니 죽을래요!"

수화기 너머로 들리는 목소리는 절망에 잠겨 있었다.

"○○○ 보호자분, 무슨 일이에요? 지금 어디세요?"

간절하고 절망스러운 목소리에 마음이 다급해졌다. 어딘가 한강 다리 난간에라도 올라가 있을 것만 같았다. 이 말 저 말을 하며 통화를 길게 끌었다.

"아내 먼저 보내고 너무 슬프고 힘이 들어요. 죄책감 때문에 더 견디기 힘듭니다. 그 사람 내 동생 신경 쓰느라 어디 한 번 놀러도 못 다녔어요. 웃을 일 없이 고생만 하다가 그렇게 가버렸다고요. 마음이 아프고 미안해서 미치겠습니다. 자기 형수 죽은 걸 아는지 모르는지, 눈만 끔뻑이는 동생이 야속하고 또 불쌍해요."

아내에 대한 그리움과 미안함, 삶의 무게를 함께 짊어졌던 사람의 부재로 인한 외로움, 남은 삶에 대한 두려움이 동시에 그를 덮쳤다.

"어떻게 살아야 합니까? 나도 벌써 일흔이 훌쩍 넘었어요. 내가 언제까지 건강하겠어요? 동생보다 먼저 죽으면 어떡해요? 내가 죽으면 순이는 또 어떻게 돼요? 머리가 터질 것 같아서 죽고 싶습니다. 건물에서 뛰어내릴까, 기차에 뛰어들까, 목을 맬까…. 죽을 생각만 해요."

듣는 내내 그가 겪는 고통이 선명히 전해졌다. 그가 베풀고 돌보며 최선을 다해 수십 년을 살아온 것을 알기에 마음이 더 무거웠다. 가까운 사람을 떠나보낸 후의 상실감은 심각한 우울증을 낳기도 한다. 거기에 돌봄 노동의 부담감이 더해지면 더하면 더했지, 그 고통이 덜할 수는 없었다. 이런 상황에 놓인 사람에게는 누군가의 개입과 도움이 필요했다. 당장은 전화로나마 자신의 이야기를 털어놨지만 이 심각한 우울과 비탄 상태에서 언제 어떻게 자살을 시도할지 모른다는 생각이 들었다. 그를 도와줄 도움의 손길이 필요했다.

나는 그의 집이 있는 ○○동 주민센터로 전화를 걸었다. 사회복지팀에 간략한 상황을 전달하고 개입을 부탁했다. 그 집에 딸린 목숨이 둘이나 더 있다고도 덧붙였다.

"상황은 알겠는데 제가 지금 일이 너무 많아서요."

돌아온 대답이 차갑게만 들렸다.

죽음은 막을 수 없다고들 한다. 동의한다. 그러나 막을 수 있는 죽음도 분명 있다. 다행히도 그는 남은 가족들을 위해 슬픔 속에서도 살아가기로 결심했다. 하지만 누군가는 그런 생사의 갈림길에서 생이 아닌 사를 택한다. 이 갈림길에서 생으로 가는 표지판을 놓아주기 위해서는 단 한 사람만 있으면 된다. 그 한 사람이 내민 손길만으로도 어느 정도의 위기를 넘길 수 있다. 그 '한 사람 철학'을 위해서라도 더 많은 인력, 관심, 배려가 필요하다. 한편으로는 이런 생각도 든다. '죽음에 가까워진 사람들'을 보호해야 하는 사람들마저 너무 바빠서 자신을 돌보지 못한다고.

풀 수 없는 원망

여/60세, 말기 유방암 환자, 수액주사 주2회

가정간호 의뢰 내용은 몹시 간단했다. 그렇다고 환자와의 만남과 간호 과정이 간단할 수는 없었다. 환자는 이미 기운이 다 소진해 눈을 뜨기도 힘들고 말하기는 더더욱 힘든 상황이었다. 그녀는 보호자 없이 혼자 누워 있었다. 대개 말기 환자 옆에는 누구라도 함께 있게 마련인데 말이다. 수척하고 핏기 하나 없는 얼굴이 땀으로 번들거렸다.

더 이상 급성기 치료*를 위해 병원에 입원해 있을 수도 없어서 퇴원을 종용받았는데, 환자가 미혼이라 보호자가 없었다.

환자는 자신이 판단할 수 있을 때까지는 치료를 포기하지 않았다. 의사들이 호스피스 케어를 권유해도 거부하고 항암주사를 맞았다. 그러다 갑자기 상태가 급격히 나빠지면서 이도저도 못하는 상황에 이르렀고, 담당 의사의 입장에서는 난감했다. 환자가 다른 사람과의 소통도, 무언가를 결정할 수 있는 판단 능력도 상실한 상태였기 때문이다. 보호자도 없었기에 논의할 사람도 없었다. 그렇다고 사망할 때까지 마냥 둘 수도 없는 노릇이었다. 가까스로 연락이 닿은 여동생은 환자의 퇴원 결정에 미온적이었다.

의료진들이 여러 차례 설득해서 퇴원을 결정하긴 했으나 보호자는 "그냥은 못 가요. 병원에 끄나풀이 하나라도 있어야 퇴원시킬 거예요." 말했다. 그런 이유에서 가정간호팀에 의뢰가 왔다. 가정간호가 환자의 퇴원을 위한 병원의 끄나풀이 된 셈이다. 보호자를 안심시키기 위해서라도 환자가 호스피스 시설로 입원할 때까지 일주일에 두 번, 수액주사를 놓으러 방문

* 생명을 위협하는 응급 상황에 환자의 상태를 안정시키고 빠른 회복을 돕기 위해 제공되는 의료 서비스.

하기로 했다.

환자는 퇴원 후 입원 전에 거주하던 원룸으로 돌아갔다. 주사를 놓기 위해 가정 방문했더니 환자의 여동생이 나를 보고 푸념 아닌 푸념을 늘어놓았다.

"언니는 얼굴도 예쁘고 공부도 잘해서 집에서도 기대가 컸어요. 저는 잘나고 주장 강한 언니한테 늘 치여 지냈고요."

그녀의 말에 따르면 언니는 결혼보다는 일에 몰두했고 번듯하게 가게도 차리며 살았다고 한다.

"그에 비해 나는 배운 게 있어요, 가진 게 있어요? 그 시대에는 젊을 때 결혼하는 게 답이었지. 근데 언니가 자기 앞질러서 시집 간다고 안면을 싹 바꾸더라고요. 나도 마음이 상해서 결혼한 다음에는 언니랑 연락을 끊고 지냈어요."

첫 아이를 낳은 다음에 그녀의 눈에 자꾸 언니가 밟혔다. 괜스레 미안하기도 했다. 어느 추운 날 아이를 들쳐 업고 언니 가게로 갔는데, 보고도 못 본 척하면서 손님과 대화에만 열중했다. 마음이 상했지만 연락 없이 찾아온 자신의 잘못이다 싶어 기다리고 있는데, 외투를 걸치고 그 손님과 나가버리는 게 아닌가. 아무리 언니네 가게라지만 남의 가게에 허락도 없이 오래 있으면 안 될 것 같아 아이와 밖으로 나왔다. 식사하러 나간 것이라면 가게도 비어 있으니 곧 올 줄 알았다.

"날이 참 추웠어요. 한 시간쯤 지나니까 눈이 조금씩 흩날리는데 그제야 언니가 돌아오더라고요. 가게 앞에서 오들오들 떨며 서 있는 나를 봤으면서 이번에도 투명인간 보듯 그냥 지나쳐 들어갔어요."

그녀는 설움이 북받쳤다. 가게 앞에서 한참을 울다가 인사도 없이 집으로 돌아갔다. 아무리 피붙이라도 자신을 이렇게 홀대하는 언니는 필요 없다고 생각하며.

"병원에서 연락 왔을 때 30년 만에 언니 소식을 들은 거예요."

처음에는 화가 나고 의아해서 어떻게 연락처를 알았냐며 매몰차게 대꾸했다. 하지만 언니가 죽어가고 있다는 소식에 마음이 무너져 한달음에 병원으로 왔다. 눈도 제대로 못 뜬 채 꼼짝도 못 하고 누운 언니를 보고 자신이 알던 언니가 맞나 싶어서 눈물이 났다고 한다. 그날 이후 집에서 병원까지 한 시간도 넘는 거리를 매일 다녔다. 오랫동안 제대로 씻지 못한 언니를 직접 씻기고 집에서 죽을 쑤어와 한 숟갈씩 먹였다. 어떤 날은 잠깐씩 기운을 차려 동생을 알아보고 희미하게 웃기도 하고 몇 마디씩 했지만 대부분은 자는 듯이 지냈다. 그녀는 언니가 지금껏 결혼하지 않고 혼자 어떻게 지내왔을까 궁금했지만, 집도 절도 돈도 자식도 없다는 것 말고는 아무것도 알 수 없었다. 그녀도 처음에는 병원에서 언니를 책임지라고 하니 억울했다. 그래도 언니에게 하나뿐인 피붙이라고 정성껏 돌보았다. 그러면서도 불쑥불쑥 '병들고 죽게 생기니까 그렇게 매몰차게 대하던 나를 찾아?' 하며 화가 났다. 그래도 차마 나 몰라라 할 수 없었다.

"나는 남편도, 자식도 있는데 언니는 나밖에 없잖아요."

짠하고 애틋한데도 마음 한편에서 옛날 일이 지워지질 않아서, 죽기 전에 언니한테 미안하다는 말 한마디라도 듣고 싶어서 더 정성을 다했다. 그녀는 언니의 죽음이 가까워질수록 더 간절해졌다. 쉽지 않을 걸 알았지만 그렇게 해야 언니도, 자신도 편해질 것 같았다.

그녀는 언니가 원룸으로 퇴원한 후로 차마 자신의 집으로 갈 수 없었다. 죽어가는 언니 혼자 두고 갈 수가 없었다. 좁은 원룸에 언니와 단 둘이 있으며 그녀는 매몰찬 언니를 원망했다. 일어나서 미안하다고 말하라고, 왜 그때 그랬냐고 혼자서 종주먹을 들이대기도 했다. 환자의 상태는 병원에서보다 더 나빠졌다. 통증이 심한지 종종 신음소리를 냈다. 그녀는 그러다 자신이 혼자 있을 때 언니가 죽을까 봐 더럭 겁이 났다.

결국 그녀는 언니에게 어떤 사과도 듣지 못했다. 언니의 임종기에 그 곁을 그렇게 열심히 지켰으면서도 차마 언니를 용서하지 못했다. 그녀는 마지막으로 나에게 물었다.

"왜 그렇게 미안하다는 말이 듣고 싶었을까요?"

나는 어쩌면 그녀가 바란 것이 언니의 삶이었을지도 모른다는 생각을 한다.

3장

죽음과 삶의 파수꾼

예고 없이 닥친 죽음 앞에서

신경외과-손 쓸 수 없는 죽음

신경외과 병동에서 일하다 보면 이따금 갑작스러운 죽음을 만난다. 일반 병동에서처럼 심장에 문제가 있거나 폐의 이상 등으로 오는 죽음은 CPR을 하면서 중환자실을 컨택하고 시간을 끄는데, 신경외과는 대개 뇌부종이나 급성 뇌출혈로 손 한 번 못 쓰고 사망하는 경우가 허다하다.

뇌는 두개골(머리뼈) 속에 갇혀 있다. 정확히는 보호되고 있다. 뼈는 딱딱하기 때문에 뇌가 붓거나 다량의 급성 출혈이 생겨서 뇌 용적이 커지더라도 복강이나 피부처럼 늘어나지 않는다. 뇌가 두개골에 갇혀 있으니 용적이 늘어난 만큼 머릿속의 압력이 높아지고, 뇌가 눌리다가 척추강spinal canal* 쪽으로 밀리면서 텐토리얼 허니에이션tentorial herniation**이 된다. 우리 몸에 중요한 중추(호흡중추 등)들이 눌림으로써 손도 못 써보고 갑작스레 죽는 것이다.

이때는 CPR도 무의미하다. 컴퓨터의 CPU가 나갔는데 모니터나 마우스를 아무리 만져봤자 무슨 의미가 있겠는가? 갑작스럽게 전원이 꺼지듯 한 사람의 삶이 꺼진다. 그래도 어떻게든 환자를 살려보려고 소위 '떡을 치지만' 허무할 만큼 끝은 정해져 있다. 완전히 열린 동공을 플래시로 비추면 끝을 알 수 없는 깊은 심연에 빠지는 것 같은, 뭐라 형용하기 힘든 아득함과 무력감을 느낀다.

* 척추를 따라 위치한 관 형태의 공간으로 척수가 여기 들어 있다. 두개골 안의 압력이 증가하면 뇌조직이 텐토리움 아래로 밀려들어가며 척추강으로 이동하게 되는데, 이때 뇌간과 신경 구조물이 압박받는다.

** 뇌 내부의 압력이 특정 부위에 집중되어 뇌 조직이 천막(tentorium cerebelli)을 넘어가거나 눌리며 위치가 변하는 것을 말한다.

응급실-멈출 수 없는 손

반면에 응급실은 진짜 '떡을 친다'. 여러 의사와 간호사가 1시간 동안 한 환자에게 달라붙어 교대로 심장압박을 하고 수동 인공호흡기를 짜고 주사를 준다. 심장충격기로 전기충격도 준다. 심장압박 횟수는 1분에 무려 100~120회다. 일반적으로 맥박은 1분에 대략 70회 전후로 뛰고(정상 60~100회/분), 90회 정도만 되어도 가슴이 벌렁거리고 맥이 빠르다고 느낀다. 심장을 100번 이상 압박하려면 내 체중을 다 실어서 숨 돌릴 틈 없이 빠르게 움직여야 한다.

수동 인공호흡기(앰부ambu)는 보기에는 쉬워 보인다. 그런데 막상 손으로 짜보면 몇 회 만에 엄지와 전박에 쥐가 난다. 심장압박과 수동 인공호흡기는 혼자서 2~3분 이상을 지속할 수 없으므로, 수시로 교대해 주어야 한다. 그 행위를 보호자가 응급실에 도착할 때까지 계속한다. 이 노력에 환자가 살아날 수도 있다는 기대를 놓지 않고 비 오듯 땀을 쏟아낸다. 긴장감과 절박함이 온몸을 잠식하지만 멈출 수 없다.

봄이라기엔 서늘했던 3월 중순의 어느 밤, 대학교 1학년 학생이 구급차로 실려 왔다. 대학로 호프집에서 신입생 환영회를 하다가 문제가 생겼다. 환영회의 분위기상 술잔을 주거니 받거니 하며 서로 안면을 트고 친목을 도모했다. 고된 수험생 시절을 거쳐 대학생이 되었으니, 신나고 기분 좋고 환영해 주는 선배들 덕에 더 들떴을 것이다. 술을 얼마나 마셨는지는 모르겠지만 의자에 기대어 고개를 숙이고 잠든 듯했다. 다들 술과 분위기 취해서 얼마간 시간이 흘렀다. 슬슬 파할 시간이 되어 다른 동기가 "정신 좀 차려 봐!" 하며 살짝 밀었는데 그대로 옆으로 쓰러졌다.

이 환자가 응급실에 도착했을 땐 이미 숨이 끊어진 후였다. 의사들은 상황이 어떻든 치열한 CPR을 시작했다.

끝내 환자를 살리지 못하더라도 20년간 아들을 키워낸 부모가 응급실에 도착했을 때 최선을 다한 모습을 보이고 싶어서다. 죽은 아들을 살릴 수는 없더라도 마지막까지 최선을 다하는 의료진을 보며 그들의 마음에 아주 작은 위로가 되기를 바라기 때문이다. 그것이 우리가 할 수 있는 최소한의 예의이자 배려다. 적어도 부모가 도착할 때까지는 멈추지 않는 것.

환자를 괴롭히는 간호사

수술을 마친 환자는 입으로 약물을 먹을 수 없으므로 안정될 때까지 모든 약물을 주사로 주입한다. 주사는 하루에 서너 차례씩 놓는데, 트레이에 대여섯 가지의 약물을 준비해서 연속으로 주사해야 한다. 필요에 따라 뇌압을 낮추는 수액은 용량을 확인하며 빠르게 주입한다. 지금은 100cc 정도의 적은 용량의 수액백이 공급되지만 1980년대만 하더라도 1000cc짜리 큰 용량의 수액병만 있었다. 수액병에 반창고로 용량을 표시해 가며 사용하면서 주입할 양만큼만 들어가도록 지켜보았다. 시간이 지체되어 더 많은 용량이 주입되면 안 되고, 약효를 위해서라도 신속하게 주입을 마쳐야 했다.

만약 환자의 뇌에 문제가 있을 경우에는 의식을 체크하는 일이 가장 힘들다. 그나마 환자가 의사를 표현할 수 있으면 낫다. 묻는 말에 금방 대답을 하는지, 발음을 제대로 하는지, 말의 내용이 조리 있는지 등으로 의식 정도를 파악할 수 있기 때문이다. 말은 못 해도 지시에 반응하면 또 다행이다. 부르면 눈을 뜨는지, 손을 잡는지, 반응까지 시간이 얼마나 걸리는지, 즉시 반응하는지 등으로 환자의 상태를 점검할 수 있다. 하지만 의식이 없거나 말을 할 수 없으면 지금 이 상태가 지난번과 어떻게 다른지를 분별해야 하고, 그에 따른 조처를 빠르게 해야 하므로 엄청나게 주의를 기울여야 한다. 환자 파악이 힘들다 보니 스트레스도 이만저만이 아니다.

"눈 떠보세요." "제 손 잡아 보세요." 때로는 환자의 가슴을 꼬집거나 누르며 아프면 치워보라고도 한다. 환자의 반응과 의식 정도를 파악하기 위해 의도적으로 환자를 '괴롭힌다'. 보호자들은 그렇게 여긴다. 의식이 있는 환자라면 지남력(시간, 장소, 사람을 알아보는 것)을 알아보기 위해 아주 쉽고 유치한 질문을 한다. 그래서 지남력을 알아보기 위한 질문들에 모욕감을 느꼈다며 민원을 넣는 경우도 더러 있다. 대학교 교수인 환자에게 "여기가 어디예요?" "제가 누구예요?" "지금이 낮이에요, 밤이에요?" "올해가 몇 년도예요?" "지금 우리나라 대통령이 누구예요?" 같은 유치한 질문을 하루에도 몇 번이고 반복하니 보호자 눈에는 환자를 무시하는 듯 보인 것이다.

의식이 또렷하지 않으면 손가락으로 눈을 벌려 동공에 플래시를 비추고 빛에 대한 동공 반사를 확인한다. 밝은 불빛이 눈으로 쏟아져 들어오니 환자도 싫어하지만 보호자들도 불쾌해한다. 아무리 설명해도 눈을 억지로 벌려 플래시를 들이대는 행위가 보기에 영 불편한 것이다. 게다가 의사, 간호사 할 것 없이 환자에게 오기만 하면 눈을 까뒤집으니 누군들 불안하지 않겠는가.

혼자 가래를 뱉지 못하는 경우라면 석션suction*까지 해야 해서 환자 옆에 붙어 있다시피 한다. 수술을 받아보았거나 간병해 본 사람이라면 알겠지만 전신마취 후에는 가래를 뱉고 심호흡을 하는 것이 중요하다. 마취 중에 충분히 폐가 확장되지 못하고, 마취제와 기도삽관으로 인해 기관지가 자극되어 가래가 많이 생기므로 폐 합병증이 올 수 있어서다. 그것을 막기 위해라도 잠을 안 재워가며 "심호흡하세요." "가래 뱉으세요."

* 의료용 흡입기계로 가래나 혈액 등을 흡입하는 것.

환자를 계속 괴롭힌다.

또 환자가 입원하면 간호사는 히스토리 테이킹이라고 하는 간호정보조사를 한다. 처음 병원에 진료를 받으러 온 게 언제이고 이유가 무엇인지, 왜 입원하게 되었는지, 과거 질병 이력이 있거나 다친 적, 수술을 받은 적은 없는지, 알러지가 있는지, 무슨 약을 복용하는지와 가족관계와 가족력까지 하나하나 물으니 환자 입장에서는 귀찮고 번거롭다. 또 '이런 것까지 말해야 해?' 하는 정보까지 자세히 묻기 때문에 취조냐며 짜증을 내는 환자도 많다. 하지만 원활한 치료와 다른 의료진과의 정보 교환, 의사소통을 위해서라도 히스토리 테이킹은 필수적이다. 우리는 환자에게 일어날 위험 요소를 최소화해야 하기 때문이다.

양악수술을 하러 온 20대 초반 여성이 있었다. 간호사는 당연히 흡연 여부를 물었고 환자는 자신을 비흡연자라고 말했다. 그런데 수술 후 병실로 올라온 환자는 밤새 엄청난 양의 가래가 끓어 스스로 뱉어낼 수 없는 지경이었다. 결국에는 석션 기계를 사용해야만 했다. 그러다가 밤번 근무조와 낮번 근무조가 인계인수하는 그 얼마간의 시간을 견디지 못하고 가래가 들어차 숨이 넘어갈 지경에 이르렀다. 그걸 본 보호자가 황

급히 뛰어나왔고, 인계인수 중이던 간호사들과 당직 의사가 환자에게 달려갔다. 수술 후 묶어 놓았던 치아의 철사들을 끊고 기도삽관까지 한 후에야 환자의 상태가 어느 정도 안정을 찾았다. 회복 후 환자가 참회하듯 고백하기를, 사실은 본인이 흡연자였는데 옆에 어머니가 있어 차마 흡연 사실을 말하지 못했다고 한다. 의료진은 환자를 호흡기계 질환이 없는 비흡연자로 알고 있었기에 이런 상황을 예상하지 못했고, 그로 인해 환자는 정말 위험할 뻔했다. 그러니 번거롭더라도 사소한 내용까지도 의사와 간호사에게는 숨기면 안 된다.

당신은 천사가 아니에요

무표정하고 무심해 보이며 차갑게 느껴지기까지 하는 간호사들을 만나본 경험이 있을 것이다. 치료받으러 병원에 갔다가 그런 간호사들에게 상처받고 돌아왔을 수도 있다. 오랫동안 간호사였던 사람으로서 또 많은 간호사를 지켜본 사람으로서 변명 아닌 변명을 하자면, 간호사들이 냉랭하고 방어적으로 되는 건 그만큼 상처를 많이 받았다는 반증이다.

다만 간호사 본인도 그 사실을 잘 모른다. 한 명의 간호사가 여러 명의 환자를 감당해야 하고, 환자 하나하나 주의를 기울여 살펴야 한다. 육체적 피로는 말할 것도 없고, 교대 근무를 하는 간호사의 경우에는 수면 부족, 생체 리듬 불균형이 동반된다. 아픈 사람을 대하고 있으니 실수 없이 신속하고 정확하게 움직여야 하므로 종일 긴장감이 따라다닌다. 또 간호사는 환자와 환자의 가족을 동시에 마주하는 직업이다. 그만큼 감정적인 순간도 자주 만난다. 환자와 가족에게는 위로를 건네면서도 개인적인 감정은 억누를 때가 많다. 이런 일들이 반복되면 감정적으로 소진된다. 그런 이유에서 나는 간호사들에게 심리 상담을 권한다. 심리 상담이 어려우면 자신을 돌아보고 돌볼 방법을 찾으라고 말한다.

왜 화가 났는지, 왜 그 말에 상처받았는지를 돌아보지 않으면 그만큼 힘들어지기 때문이다. 남을 돌보는 직업, 그렇기에 나에게는 소홀해질 수밖에 없는 직업. 그러므로 남을 이해하기 위해 나를 더 잘 알아야 하는 직업이 아이러니하게도 간호사다.

'간호사의 일'은 늘 사람들의 관심 밖이었다. 간호사는 스스로도 간호를 어머니 역할mothering role로 여기는 경우가 많아서, 생각보다 더 많은 일을 말없이 감당한다. 하지만 나는 마더 테레사라는 비유와 백의의 천사라는 포장을 좋아하지 않는다. 그 포장으로 간호사의 희생을 당연시하는 경향이 있어서다.

직업인으로서 간호사를 존중하지 않으니 '아가씨'나 '언니'라고 지칭하고, 그 지칭의 무게로 간호사를 대한다(나는 그 지칭들을 간호사가 받아들이지 않기를 바란다. 어떻게 불리는지는 대우와 밀접한 관련이 있다. 타인을 간호하는 일만큼이나 자기 스스로를 존중하는 것도 중요하다).

다양한 직업이 드라마나 영화, 여기저기에서 다루어지지만 간호사는 대부분 엑스트라였다. 그저 의사 옆에서 판때기 하나 들고 그림자처럼 서 있거나, 의사나 환자의 농담이나 받아주며 구두 지시(말로 오더를 내리는 것으로, 의료기관인증평가에서 중요하게 살피는 금지조항)를 받아 수행하는 보조 역할이 전부였다. 하지만 간호사는 가만히 서서 지시만 받는 사람이 아니다. 2023년 드라마 〈정신병동에도 아침이 와요〉에서 간호사 이야기를 다루었지만, 여전히 부족해도 너무 부족하다고 생각한다. 그렇기에 나는 간호사들이 스스로 우리의 일에 대한 가치 인정을 해주었으면 좋겠다. '당연한 일'이 아니라, '간호'라고 인지하기를 바란다. 당연하게 여겨 지워지지 않았으면 한다.

코로나19 이후 의료진들의 노고를 인정해 주는 듯했으나 금방 묻혀버렸고, 의사 파업은 의료 현장을 쑥대밭으로 만들었다. 그 빈자리를 간호사들에게 채우라고 한다. 나는 의료 현장에서 공백이 생길 때마다 간호사를 대용품으로 사용하는 것이 정말 속상하다. 간호사는 아무리 경력이 많아도 간호사일 뿐 의사가 아니고 의사 노릇을 할 생각도 없다.

사람들은 간호사니까 그래도 된다고 생각한다. 인력이 없으면 인력을 증원해야 하는데, 간호사니까 그 인력을 충당하게 한다. 하지만 세상 어디에도 그래도 되는 사람은 없다. 나는 자신을 희생하고 불편함을 당연시하며 감내하는 간호사들에게 "당신은 천사가 아니에요. 전문직 간호사예요."라는 말을 자주 한다. 이 천사들이 자꾸 스스로를 낮추려 해서다. 그러나 그 낮춤은 겸손이 아닌 위축이고 본인을 억압하게 되니 결과적으로 환자와 보호자, 함께 일하는 직원들뿐 아니라 자신에게도 방어적으로 변한다. 간호사는 희생하는 직업이 아니다. 전문 간호사로서 일하고, 그에 따른 책임을 진다. 그러니 간호사는 '그래도 되는 사람'이 아니라, '그러면 안 되는 사람'이다.

말의 무게

상급종합병원*에서 오래 일하다 보니 주로 나는 중증 환자를 만났다. 이 병원 저 병원 여러 병원을 전전하다 병을 키운 채 오는 경우도 허다했다. 희귀난치질환일수록 더 했다. 그래서인지 가벼워 보이는 환자의 증세에도 쉽게 큰 병을 떠올렸다. '혹시 암인가?' '중증희귀질환인데 놓치고 있는 건 아닌가?' '이러다 중환자가 되는 건 아닐까?' 극한 상황을 떠올리

* 난이도가 높은 의료행위를 전문적으로 하는 종합병원.

고 마는 병적 상상력이 심히 발달되었다. 뿐만 아니라 중환자 케어와 여러 의료기기 조작에 대해서는 잘 알지만 감기나 체하는 등의 비교적 소소하고 일상적인 증상 관리에는 오히려 무지하다. 옛날에는 의사들이 청진기 하나와 맨손 진찰만으로도 병을 진단했는데 이제는 검사용 의료기기 없이는 환자 질병을 진단하기 어려워하는 것도 비슷한 사례 아닐까 한다.

환자나 보호자들은 간호사의 말을 가볍게 받아들일 수 없다. 진지하고 심각하게 듣기 때문에 무시할 수도 없고 작은 말 하나에도 크게 염려한다. 그래서 질병과 관련된 의견뿐 아니라 그냥 하는 말도 매우 조심하게 된다.

오래 전 신참 간호사 시절, 젊은 보호자가 간호사실로 와서 조용히 물었다.

"저기… 고혈압 환자는 화가 나서 언성을 높이면 뇌혈관이 터질 수 있다면서요?"

바빴고 보호자 말에 일일이 설명하고 있을 여유가 없었던 나는 생각 없이 답했다.

"그럴 수도 있죠."

"아… 네, 그렇군요."

고개를 숙이고 죽을상을 한 그녀를 보자 아차 싶었다. 알고 봤더니 그녀는 환자의 며느리였다. 시모와 의견충돌이 있어서

실랑이를 하던 중 언성을 높이던 시모가 쓰러졌고, 병원에서 뇌출혈 진단을 받아 수술까지 하게 된 거였다. 그러니 간호사의 무심한 대답이 상처가 되었을 것이다. 그 이후론 질병과 관련된 질문을 받으면 그 이면을 한 번 더 생각해 보게 되었다. 내 말이 저 사람에게 어떻게 들릴지를 고려했다.

반면 증상이나 상황이 응급이 아니라고 판단되면 또 너무 느긋해진다. 직업이 직업인지라 몸의 어딘가 불편하면 연락 오는 지인들이 많다. 그들의 입장에서는 진지한 물음인데 나는 대수롭지 않게 대답하니 빈축을 산다.

"나는 지금 심각해 죽겠는데 별일이 아니라고?"

"어차피 언젠가 한 번은 죽어." 하면서 농담 반 진담 반으로 죽음을 미리미리 준비하라고 하기도 한다. 오히려 심각한 상태에서는 죽음이란 단어를 입에 올리기가 상당히 부담되고 듣는 이들도 경직되지만, 별일이 아니니 가볍게 말한다.

하루는 동생이 사타구니 쪽에 혹이 볼록 올라왔다고 연락이 왔다. 말랑거리고 눌러도 아프진 않은데 어떻게 하냐고. 평소 농담을 자주 하던 사이라 죽을병일지 모르니 돈 되는 거 있으면 나한테 좀 넘기고, 연명의료 할지 안 할지도 생각해 두고 사전연명의료의향서와 유언장도 쓰라고 농담 아닌 농담을 했다. 그러자 동생은 짐짓 심각해져서는 종합병원 응급실에 가야 하는 거냐고 물었다. 나는 농담으로 던진 말이었지만 동생에게는 그렇게 들리지 않았던 모양이다. 동생을 안심시키고 탈장 수술하는 2차 병원에서 진료받으라고 조언해 주었다.* 병원에서도 다행히 같은 이야기를 했다며 연락이 왔다. 겁이 난다고 상급종합병원 응급실에 갔으면 아마 접수도 못 하고 쫓겨났을 것이다.

간호사로서의 경력이 쌓이며 내가 그렇게도 싫어했던 '대충' '대강' '적당히'가 때로는 필요하다는 사실을 깨닫게 되었다. 하지만 사실 간호사들은 '적당히'와 중간지대를 싫어한다. 병원 환경이 그렇고, 간호 업무가 그렇다. 환자를 돌보는 일에는 작은 실수나 오차가 허용되지 않는다. All 아니면 Nothing이다. 무엇이든 분명하고 선명한 것을 좋아한다. 하나, 둘, 셋 순서가 있고 구체적이어야 하고 타임 스케줄이 정확히 줄 세워져 있어야 한다. 이것 아니면 저것이지, 이것일 수도 있고 저것일 수도 있는 애매한 상태를 가장 싫어한다. 그러다 보니 어느 정도 융통성이 필요한 일에서도 분명하게 들어맞아야만 직

* 사타구니 탈장은 장이 복벽의 약한 부분을 통해 밖으로 튀어나오는 질환으로, 수술 후 바로 퇴원할 수 있다.

성이 풀리니 어떤 때는 옴짝달싹 못 하게 옭아매지는 경우도 생긴다. 그러니 정답 없는 일도 싫어한다. 하지만 인생은 답이 없다. 질병의 90퍼센트 이상이 원인 '불명'이다. 그 사실을 조금은 받아들여야 한다.

호의 아닌 호의

수간호사가 되고 첫 발령지는 성형외과 병동이었다. 근무자들 대부분이 경력 많은 간호사와 간호보조원(나보다 나이가 더 많은 분도 있었다)이었다. 1990년대 초반이었는데, 간호사 근무 형태의 특성상 고연차 간호사도 교대 근무를 하지 않을 수 없었다. 대신 경력자를 우대하는 차원에서 비교적 중증환자가 적어 근무의 강도가 낮은 비응급 진료과에 배치하곤 했다.

성형외과라고 하면 일반적으로 미용성형을 떠올리는데, 내가 일한 성형외과 병동은 재건성형이 주가 되었다. 그래서 일반 성형외과 병동보다 환자 관리가 어려웠다. 코에 암이 생겨 코를 전부 잘라내고 휑하니 빈 공간에 두피를 끌어내려 그 자리에 코를 만들어주고, 화상으로 피부가 울퉁불퉁 달라붙은 흉터를 매끈하게 만들고 오그라진 곳을 펴주는 등의 수술이 이루어졌다. 재건성형을 통해 그들의 삶이 재건되는 것을 보면서 나는 성형외과의 필요성을 새삼스레 깨달을 수 있었다.

병실 라운딩을 할 때 유독 나를 반기던 환자가 있었다. 남편의 폭행으로 얼굴에 큰 흉터가 있던 30대 후반의 여성이었다. 그녀는 의료 급여로 흉터를 치료받고 있었다. 의료 급여는 저소득층 및 사회 취약 계층에게 의료 서비스를 제공하는 공공 의료 보험제도인데, 병원 진료, 약값, 입원비 등에서 지원이 나왔다. 사정을 알게 되니 그녀가 퇴원하기 전까지 조금이라도 더 도움을 주기 위해 이것저것 주의를 기울이고 살폈다.

하루는 퇴원한 그녀가 외래 진료를 받으러 왔다가 병동에 잠깐 들렀다. 가볍게 이야기하고 헤어지려는데 나를 굳이 복도로 잡아끌었다. 그리곤 만 원짜리 세 장을 손에 쥐여 주었다.

"너무 고마웠어요. 퇴원할 때 그냥 갔던 게 계속 마음에 걸려서…."

한사코 거절하며 뒷걸음질 치다, 밀려 밀려 여자 화장실 앞까지 왔다. 그런데 갑자기 그녀가 나를 화장실 안으로 끌고 갔다.

"네가 뭔데 내 호의를 무시해! 내가 가난해서 우스워?"

내 목을 조르며 소리를 지를 때는 더럭 겁이 났다. 목이 졸리니 숨쉬기도 힘들었다. 내가 그녀의 '호의'를 거절해서, 그 거절이 그녀의 자존심을 건드려서 일이 이렇게 되었단 생각이 들었다. 그러다 보니 이 '호의'를 받아들여야 하는 것인지를 잠깐 진지하게 고민했다. 하지만 내가 원한 적 없는 호의를 강요당할 때도 그것을 호의라고 볼 수 있을까?

다행히 상황이 일단락되고 그녀는 집으로 돌아갔다. 이후 그녀가 나를 다시 찾아오지는 않았지만 그 일만은 머릿속에서 지워지지 않았다.

3만 원의 호의를 거절한 대가는 목 졸림이었으나 그 촌지를 받았다면 내내 후회했을 것이다. 촌지 문화는 우리 사회에 오랫동안 이어진 관행이었다. 꼭 돈이 아니어도 음식이나 손수건 등 작은 선물을 건네는 경우도 흔했다. 간호사로 일하면서도 매번 촌지를 거절했지만, 수간호사가 되면서는 각오가 남달라졌다. 병동의 대표인 수간호사가 촌지를 받지 않겠다고 하면 함께 일하는 간호사들의 협조도 필요했다. 그러니 나의 철학을 타인에게 전달하고 요구하기 전에 내가 먼저 실천하는 모습을 보여야 했다. 다른 병동으로 로테이션될 때마다 가장 먼저 하는 일도 촌지에 대해 언급하는 것이었다.

"우리는 촌지 안 받습니다. 돈뿐만 아니라 음식, 스타킹, 음료수도 받지 않습니다. 내가 자리를 비운 동안 원치 않게 받게 된다면 꼭 저에게 알려 주세요."

환자로부터 받은 게 있으면 다시 돌려주었다. 다른 간호사가 받은 물품을 내가 돌려준 적도 있었고, 직접 돌려주고 오라고 한 적도 있었다. 물론 반발이 없었던 것은 아니다.

"수간호사님, 그거 수간호사님 보고 주는 거 아니에요. 우리가 밤새 힘들게 일해서 받은 거거든요?"

"어디는 촌지 받아서 호텔 나이트클럽도 갔다는데 우리는 회식이랍시고 맨날 오천 원짜리 칼국수가 뭐예요!"

내가 그 마음을 어떻게 모르겠는가. 고된 노동 사이에서 그 촌지가 때로는 자신의 고생을 알아주는 듯도 했을 것이다. 하지만 나는 "그래도 돌려주고 오세요."라고 하거나, "호텔 나이트는 내가 데리고 갈게!" 부딪히면서 6개월을 버텼다. 딱 그 반년이면 어느 순간부터 모든 간호사가 당연하다는 듯 촌지를 거절했다.

촌지를 한 번 받기 시작하면 그 촌지를 당연한 것으로 여기게 된다. 또한 환자들도 간호사에게 대가를 지불했으니 그에 마땅한 결과를 기대한다. 특히 다인실에는 여러 환자가 있기 때문에 한번 말이 돌면 금방 여기저기로 퍼진다. 환자 상태가 안 좋아서 자주 가서 관찰하고 확인하는 것인데 "거 봐. 간호사실에 뭘 좀 갖다 줬더니 자주 와서 보잖아?" 한다. 그런 이유에서 촌지는 쥐약이다. 촌지가 오가게 되면 오히려 더 억울해지는 상황이 올 수 있다. 그러니 3만 원을 받지 않음으로써 나는 나와 한 약속을 지킬 수 있었다.

물론 내 마음에 따스한 온기를 남긴 호의도 있었다. 성형외과 병동의 환자 중에는 코 없는 할머니 한 분이 있었다. 살면서 고생도 많이 하고, 보이는 모습 때문에 외출 한 번 쉽지 않았던 분이었다. 할머니는 코 모양을 만드는 수술을 받았는데, 그 수술이 할머니에게는 세상으로 나가는 문이 되었다. 할머니가 퇴원하는 날 고맙다고 내 손에 천 원짜리 두 장을 꼬옥 쥐어 주는 게 아닌가. 나는 "정말 감사합니다. ○○○ 님." 꾸벅 인사하며 감사히 그 돈을 받았다. 그리고 몰래 보호자에게 돌려주었다. 나는 이미 어르신이 주신 마음을 받았으니 되었다.

변화의 문턱에서

1995년 응급실 상황은 참으로 열악했다. 죽음과 생이 빠르게 교차되는 가운데 우리는 의료 노동자였다. 나는 그 무렵 수많은 변화를 시도하고 또 목격했다.

간호복

응급실은 이른 봄부터 더웠다. 사람도, 기계도, 움직임도 가득 차 있었기 때문이다. 현관이 닫힐 겨를이 없어 입구 쪽은

외기로 더 더웠다. 실내 냉방은 언 발에 오줌 누기였다. 쌩쌩 돌아가는 용량이 큰 에어컨이 절실히 필요했다. 안 그래도 바쁘게 왔다 갔다 하는 간호사들은 땀범벅이었고, 땀을 닦아내고 닦아내도 소용이 없으니 더욱 빠르게 지쳐갔다. 간호복은 목 끝까지 단추를 채워야 하는 데다가 통풍이 안 되는 재질이라 땀이 찼다. 불량 학생들처럼 윗단추를 하나씩 풀고 다녀도 차마 지적할 수 없었다. 피와 오물이 튀어 젖기도 했지만 갈아입을 여유분도 없어서 근무가 끝날 때까지 그대로 입고 있는 경우도 다반사였다. 게다가 그 오염된 옷을 각자 집에 가져가서 세탁해야 했다. 번거롭고 불편했으며 비효율적이었다. 이건 아니라는 생각이 들었다.

세탁도 수월하고 오염되면 금방 갈아입을 수 있는 작업복을 직접 알아보고 다녔다. 기존의 간호복은 업무의 능률을 저하시키기만 할 뿐 전혀 도움이 안 되니 환자에게도 좋을 게 없었다. 간호사들뿐만 아니라 응급실에서 일하는 직원이라면 직종 상관없이 누구나 편히 입을 수 있는 옷이 필요했다. 다행히 원하는 작업복을 찾았는데 예산이 문제였다. 예산 때문에 고민하던 나를 응급실장이 도와주었다.

"한번 해봅시다."

덕분에 한여름을 더 뜨겁고 고되게 만들었던 갑갑한 간호복에서 해방될 수 있었다.

응급실 간호사들은 일하기 편한 복장으로 바뀌어 좋아했다. 하지만 다른 업무과 간호과장*들은 간호사들이 당최 품위가 없다느니, 뭣도 모르는 신참내기 수간호사가 엉뚱한 일을 하고 다닌다느니 나를 보며 인상을 찌푸리고 노골적으로 싫음을 표했다. 다행인 건지 운이 없는 건지 당시 응급실에는 간호과장이 얼마간 공석이었다.

응급실 구역

당시 응급실은 침대를 커튼으로 구분 짓는 게 다였으므로 환자를 분리하고 사생활을 보호할 수 없었다. 커튼을 둘러 칠 수만 있어도 다행이었다. 넓게 펼쳐진 공간에 이동용 침대만 빼곡했다. 그나마도 침대를 차지하고 누울 수 있으면 행운이었다. 침대가 다 차면 이후에 오는 환자들은 의자에 앉거나, 그럴 수도 없는 경우에는 바닥에 홑이불을 깔고 누웠다. 전쟁통

* 간호사 직급 중 하나로, 간호(본)부장과 수간호사(파트장) 사이에 위치하면서 간호 업무과 단위를 관리하는 간호 관리자이다.

이나 피난민 수용소를 방불케 했다. 상황이 이러니 의사가 환자의 위치를 알려면 마이크 방송을 켜야 했다. 꼭 방송을 켜지 않아도 환자를 쉽게 찾을 수 있게 만들어야 했다. 또한 상태가 위중한 환자를 간호사들이 지켜볼 수 있도록 간호사실 근처에 중환이 배치되어야 했다.

언제까지고 중구난방으로 환자를 찾아 헤맬 수는 없었다. 몇 달을 고심한 끝에 내과, 신경과 등 각 진료과로 구분 지었던 환자군을 환자의 중증도에 따라 구분하기로 했다. 응급실 입구에는 트리아제triage(응급환자 분류) 겸 신환(새로운 환자) 구역을 두어 응급실 입실 환자의 경중과 신속대응환자를 구분했다. 응급의학과가 없던 시절이라 응급실 경력이 많은 간호사들을 트리아제에 배치했다. 물론 현재의 분류와는 규모나 내용이 상당히 다르지만 중증도에 따른 분류만으로도 어느 정도 교통 정리가 되었다.

최종적으로 응급실은 신환구역, 중환구역, 준중환구역, 경환구역으로 나뉘었다. 각 근무조(데이, 이브닝, 나이트)마다 책임간호사를 두어 진두지휘하도록 하고 경력에 따라 구역별로 간호사를 배치했다. 침대에도 번호를 붙여 환자의 위치를 정확히 파악할 수 있게 만들었는데, 덕분에 쉴 새 없이 흘러나오던 방송이 현저히 줄어들었다.

후배이자 선배인 간호사

트리아제에 있는 간호사들을 보고 있으면 존경할 수밖에 없었다. 그들은 신환이 들어오는 모습만 보아도 경환자인지 중환자인지를 파악하고 신속하게 대응했다. 트리아제 신환 구역의 책임 간호사인 S는 응급실 경험이 전혀 없는 수간호사인 나를 조금 우습게 여겼다. 하지만 S가 일하는 모습을 보고 있으면 개인적인 감정과는 무관하게 존경하게 되었다.

하루는 웬일로 환자가 많지 않아 간호사실에서 우두커니 밖을 내다보고 서 있었다. 한 중년 남성이 응급실 입구로 천천히 걸어 들어오고 있었다. 나는 무심히 그 환자가 간호사실까지 걸어오기를 기다리고 있는데, S가 중환구역에 대고 소리쳤다.

"여기 빨리 침대 가져오고 CPR 준비!"

S는 환자를 침대에 눕히면서 IV 라인(정맥혈관 확보)을 잡고 채혈했다. 순식간에 심전도를 위한 일렉트로드(전극 패드)까지 부착하면서 의사를 불렀다. 그와 동시에 어레스트가 왔다. 내 눈에는 어떤 징후도 보이지 않았던 환자가 S의 눈에는 고위험 환자로 보인 것이다. 간호사 경력으로는 후배였던 S가 응급실에서 응급 환자를 다루는 것으로는 확실히 선배였다

흔히 응급실은 속도전이라는 이야기가 있다. 환자가 밀려들고, 또 그만큼이 나가는 응급실에서는 단 1초도 긴장감을 놓을 수 없다. 병동에서의 죽음과 응급실에서의 죽음은 느낌이 다르다. 응급실에서는 가족이 도착하기 전에 죽음에 이르는 경우도 적지 않다. 죽음과 생이 초 단위로 엇갈리기 때문에 어느 누구도 충분히 애도할 수 없다. 응급실의 수간호사로 일하며 그것이 가장 적응하기 어려웠다. 더 많은 사람을 살리기 위해 내달려야 하는 상황에서 뒤돌아볼 수 없다는 것. 나 또한 지금에야 그때를 돌아보고 있다.

아플 만해서 아픈 사람은 없다

사람들은 죽음을 다 안다고 생각하지만 대체로 잊고 지낸다. 죽음의 특성에는 크게 세 가지가 있다.

하나, 인간은 누구나 반드시 죽는다. 남녀노소, 빈부귀천을 가리지 않는다. 어느 누구도 죽음을 비켜나갈 수 없다. 심지어 죽었다 살아난 사람도 다시 죽는다. 공자님도, 부처님도 죽었다. 예수님도 죽었었다.

둘, 인간은 언제 죽을지 모른다. 50년 뒤, 10년 뒤, 1년 뒤, 오늘 밤에라도 죽게 될 수 있다.

셋, 인간은 어디서, 어떻게 죽을지 모른다. 죽음은 결코 예측 불가능하고 어느 누구도 대신할 수 없다. 마치 길모퉁이와 같아서 그 뒤에 무엇이 기다리고 있을지 알 수 없다.

모든 간호사들과 함께 병실을 라운딩하며 4인용 남자 병실에 들어설 때였다. 40대 중후반의 환자가 갑자기 소리를 지르며 "억울하고 화나 미치겠는데 어디 수간호사가 해명 좀 해보시오!" 했다. 갑작스러운 소란에 다른 간호사들은 남은 라운딩을 진행하도록 하고 나는 남아서 그 환자의 이야기를 듣기로 했다.

"저 내일이 수술입니다. 내가 밤새 곱씹어 봐도 모르겠어요. 도대체 왜 내가 암입니까? 난 암에 걸릴 만한 그런 짓을 단 하나도 한 게 없어요. 정말 단 하나도 없단 말입니다! 암 예방 수칙을 지키기 위해 애쓰며 산 시간이 뭐가 됩니까?"

그때가 2000년대 초반이었다. 한창 암에 대한 경각심이 커지고 있던 때였고, '암을 예방할 수 있다.'는 주제가 다양한 매체에서 다루어졌다. 그는 세균이 몸에 닿는 것이 무서워 버스나 전철을 탈 때도 손잡이를 잡지 않았고, 여러 사람이 사용하는 물건을 부득이하게 만져야 한다면 접촉 면적을 최소화하고 곧장 화장실로 가 손을 씻었다.

건강 염려증 수준으로 아프지 않기 위해 노력했건만 위암에 걸려 수술을 앞두고 있으니 머리가 복잡해진 것이다. 생각이 많아지니 잠도 안 와서 밤을 새웠고, 그로 인해 예민해질 대로 예민해진 차에 순회를 온 간호사들을 보고 감정이 격해졌다. 격분하며 소리를 지르고 험한 표현도 사용했기에 다른 환자들도 뭐 때문에 수간호사가 저렇게 야단을 맞고 있나 궁금해하며 병실 앞을 기웃댔다.

"위암이라니 내가 어이가 없어서. 내가 암을 얼마나 무서워했는데요. 암 안 걸리려고 운동하고, 탄 음식 피하고, 술 담배도 일체 안 했습니다. 건강 하나 지키려고 안간힘을 썼다니까요! 어디 당신이 해명해 봐요. 내가 왜 위암입니까? 내가 뭘 잘못해서 위암입니까? 여기저기에서 떠들어대는 암 예방 수칙이 엉터리인 건 아니고? 이거 완전 사기야. 사기라고! 그거 지켜서 병에 안 걸리려고 한 내가 바보지."

나중에는 엉엉 소리 내어 울었다. 당연히 화가 나고 억울할 법했다. 건강하게 살기 위해 기울인 노력이 그의 입장에선 모두 무용지물이었다. 그러니 내가 무슨 말을 하겠는가. 나는 가만히 환자가 나에게 쏟아내는 원망을 받아냈다. 그가 화내는 대상이 내가 아니라는 사실을 알고 있었기 때문이다. 그저 타들어가는 속을 어떻게든 가라앉혀야 했으니 받아줄 누군가가 필요했을 뿐이다. 누구를 원망하겠는가? 원망한다고 달라질

게 없다는 사실은 그가 나보다 더 잘 알았다.

병이 생기는 이유는 각양각색이다. 안 좋은 습관이 셀 수 없이 많은데도 건강한 사람이 있는 한편, 좋은 재료로 건강식을 하고, 꾸준히 운동하고, 7시간 이상의 수면을 반드시 지킨 사람이 아플 수도 있다. 아플 만해서 아픈 사람은 없다. 피하고 싶다고 피해지지도 않는다.

그날의 소동은 그렇게 일단락되었다. 그의 분노에 고개를 내젓는 환자도 있었지만, 공감하는 환자도 분명 있었다. 표출이 격했을지언정 '열심히 노력하며 살았는데 왜 하필 내가 병에 걸렸나?'라는 속내는 병동에 있는 환자라면 모두가 하는 생각이었다. 그는 수술을 잘 받고 회복되어 퇴원했다. 그다음 일은 알지 못한다. 하지만 한편으로는 이런 생각이 든다. 치료가 잘되어 좋은 결과가 있다고 해도 죽음에서 완전히 자유로울 수 있는가? 죽음은 그 환자뿐만 아니라 나의 곁에도 언제나 머문다. 생이 우리의 곁에 머물 듯이.

물론 그렇다 해도 죽음은 언제나, 누구에게나 억울하기만 하다.

미워할 수 없는 분노

의료보험 확대 적용과 의료에 대한 환자 권리가 증대하기 시작하면서 갑작스레 입원환자가 늘던 시기가 있었다. 환자 수용에 한계가 있어 병원은 궁여지책으로 병실을 개조해 1인실은 2인실로, 2인실은 3인실이나 4인실로 변경했다. 환자 수는 늘었는데 시설이 제대로 따라주지 않아서 입원환자의 불편이 컸다. 방이 좁아지고 치료 환경은 나빠졌는데 개조한 2인실과 기존의 2인실의 병실료가 같았다. 부당하다고 여겨 병원 측에 건의도 여러 번 했으나 해결되지 않았다. 나조차 납득 못하는 일을 환자에게 설득시켜야 했으니 그게 될 리도 없었고 힘겨웠다. 매일 민원과 불평이 쏟아졌다. 무엇보다도 간호사가 해결할 수 없는 병실료와 시설에 관한 불만까지 모두 우리에게 들어와서 고역이었다.

어느 날 아침 인계가 끝나지도 않았는데 복도에서 고성이 들려왔다.

"뭐 이따위 것들이 다 있어! 이걸 병실이라고 입원시켜 놓고 그 비싼 돈을 다 받아 처먹어? 여기 책임자 나오라 그래!"

1인실을 2인실로 개조한 병실을 사용하는 환자의 남동생이었다. 누나가 지방에서 서울의 큰 병원으로 심각한 병을 수술하러 왔다기에 새벽같이 병문안을 와보니, 병실은 코딱지만한데 하필이면 옆의 환자가 사용하는 의료장비들이 그 좁은 병실을 빼곡하게 차지하고 있었던 것이다. 아픈 누나의 상태도 걱정되는데 병실이 답답하고 오가기도 불편해서 불만이 터진 거였다.

"이런 데를 줘놓고 의료보험도 안 되는 게 말이 돼? 하루에 십 몇 만 원을 낸다니 나 참 기가 막혀서!"

환자는 병원과 척을 져서 좋을 일이 없다고 생각해서 2인실이 불편하고 상황이 억울해도 말없이 6인용 병실이 나기만을 기다리고 있었다. 아픈 누나가 참는 걸 보니 동생의 입장에서는 더 화가 머리끝까지 났다. 환자들이 줄일 수 있는 병원비는 병실료뿐인데 말이 2인실이지 6인실 만도 못한 곳을 쓰면서 비싼 값을 지불하고 있으니 그럴 수밖에 없었다.

내가 다가가니 그는 씩씩대며 나를 노려보았다.

"당신이 여기 책임자야?"

"네, 제가 이 병동 수간호삽니다."

"야! 이 ×××!"

족히 10분가량 욕설이 이어졌다. 온 복도가 쩌렁쩌렁 울릴 정도였다. 환자와 보호자들이 몰려들어 무슨 일인지 구경하고 있었다.

"병실료를 깎아주든, 오늘이라도 6인실로 옮겨주든 해결해, 당장!"

구경하던 다른 보호자들도 내심 그를 응원하고 있었을지도 모른다. 그동안에도 소리만 안 질렀다 뿐이지 이런 민원이 수없이 쏟아졌으니 말이다. 나는 간호사실에 서서 얼굴로 튀는 침과 고함소리를 고스란히 받았다. 입이 열 개라도 할 말이 없었다. 당시 6인실은 들어가기 위해 차례를 기다리는 환자들이 많았다. 대기 순서를 어길 경우 속된 말로 칼 맞을 만큼 살벌한 분위기였고(병실료 차이가 많이 나기 때문에) 내가 재량껏 병실료를 인하해 줄 수도 없었다. 특히 환자가 가득 차 있어서 남는 병실도 없었으므로 다른 곳으로 옮겨줄 수도 없었다. 해줄 수 있는 게 없으니 그저 쏟아지는 욕을 받아냈다. 폭력적으로 느껴질 만큼 불 같이 화를 냈기에 다른 간호사들은 내가 그 보호자에게 맞기라도 할까 봐 겁이 났다고 한다. 다행히 그런 일은 일어나지 않았고, 그는 제풀에 지쳐 "입이 열 개라도 할 말이 없는 모양이네! 퉤!" 하더니 병실로 돌아갔다.

그가 미울 만도 한데 이상하게도 그때는 밉지가 않았다. 매일매일 환자들의 민원이 쏟아지는 상황이었고, 내가 생각해도 병원의 잘못이었다. 그런데 그렇다고 내가 어떻게 병원이 다 잘못했다고 말하겠는가. 병원 측에 병실을 원상 복구하자고 할 수도 없었다. 병실료가 조금이라도 저렴해졌으면 들끓는 불만이 시한폭탄처럼 터지지도 않았을 것이다.

옵세

병원에서 오래 일하다 보면 옵세가 되기 쉽다. 옵세는 '강박적인'이라는 뜻의 'obsessive'라는 단어에서 비롯되었다. 무언가에 강박적인 태도를 보이는 사람이나 모습을 말할 때 의료인들이 자주 쓰는 표현이다.

병원에서 행해지는 모든 처치는 멸균법을 적용한다. 멸균과 소독을 혼돈하는 경우가 많지만, 멸균은 우리가 일반적으로 알고 있는 소독(살균)과는 다른 개념이다. 박테리아, 바이러스, 곰팡이, 포자 등을 포함한 모든 생명체, 특히 병원성 미생물을 완전히 제거하는 것이 멸균이다. 수술 도구, 주사기, 상처 드레싱 용품 등 모든 진료 재료는 멸균 상태이고 멸균이 유지될 수 있도록 보관에도 주의를 기울인다.

일례로 멸균 용품의 뚜껑을 연 다음 뚜껑을 테이블에 놓을 때는 안쪽이 테이블에 닿지 않도록 뒤집어 놓는다. 즉, 안쪽이 위를 향하게 둔다. 이런 사소한 행동들이 습관이 되어 일상생활에서도 그렇게 하지 않으면 마음이 불편하다. 나는 습관적으로 냄비나 밥뚜껑 등을 뒤집어서 놓고, 냄비 혹은 주전자 뚜껑이 바닥에 엎어져 있으면 나도 모르게 얼른 뒤집는다. 이미 컨타contamination(오염)가 된 줄 알면서도 그렇게 해야 마음이 편하다. 의료인이 아닌 사람들과 밥을 먹을 때 간혹 왜 굳이 그렇게 놓느냐고 묻는 경우가 있어 나도 내가 그러고 있다는 사실을 알게 되었다.

아기를 키우며 젖병을 소독할 때도, 젖병에 젖꼭지를 끼울 때도 포셉forceps*을 사용했다. 아기의 입이 닿을 젖꼭지 부분에 손이 안 닿도록 멸균적으로 처리하지 않으면 찝찝해서 견딜 수가 없었다. 천 기저귀도 매번 삶아 다리미로 다려 사용했는데, 안 그래도 아기 키우면서 손이 많이 가고 힘든데 그런 일

* 외과적 수술이나 의료 처치에 사용되는 집게 모양의 도구.

들까지 하려니 시간과 품이 많이 들었다. 지금 생각하면 그럴 것까진 없었는데 말이다.

집에서 사용하는 생필품도 언제나 여분이 떨어지지 않게 체크하고 채워두었다. 하루 이틀은 좀 모자란 채 없이 살아도 문제될 게 없는데 그렇게 미리미리 재고를 쟁여두지 않으면 불안했다. 그러다 보니 좁은 집이 물건들로 넘쳐난다.

이런 채우기 습관은 IMF 시절 응급실에서 근무하며 생겼다. 시기가 시기였던 만큼 외국산 진료 용품들의 수급이 원활하지 않았고 머지않아 부족해졌다. 한정된 물품을 어떻게 사용하고 배분할지가 큰 걱정이었다. 기준을 정하기도 어려웠다. 환자는 몰려들고 재고는 줄어드는데 속이 바싹바싹 타들어갔다. 결국에는 있던 재료들이 다 떨어져, 그 자리를 국산품으로 채웠다. 지금은 국산 의료 및 진료 용품이 훌륭하게 나오지만, 당시에는 외국산 용품들보다 질이 좋지 않았다. '미리 조금 더 준비해 두었다면 이런 일은 벌어지지 않았을 텐데…' 하는 생각이 머리를 떠나지 않았다.

'좋은 습관 아니냐?'고 물으면 보기에 따라 그럴 수도 있지만, 그렇지만도 않다고 답하고 싶다. 이와 관련한 에피소드도 하나 있다.

친척 상갓집에 갔더니 문상객은 많고 일손이 부족해 보였다. 가만히 지켜보니 문상객이 오면 그제야 트레이에 급하게 기본 반찬을 담아서 내는 게 아닌가? 환자가 오는 즉시 필요한 조처를 할 수 있도록 미리미리 준비하는 게 익숙한 나는 그 모습이 영 성에 차지 않았다. 조문객이 몰려드는 시간이니 트레이에 반찬을 미리 담아 놓았다가 재빨리 트레이만 들고 가서 테이블에 놓으면 시간을 절약할 수 있겠다 싶었다. 그렇게 트레이에 기본 반찬들을 쌓아올리는 나를 사촌동생이 말렸다.

"언니. 제발 여기서 일을 하려고 하지 마요. 여긴 병원이 아니야. 주방 나름의 룰이 있어요."

로마에 가면 로마법을 따르라고 했는데 또 내가 병원에서의 습관을 적용하고 있었던 것이다.

4장

더 나은 생을 위하여

존엄한 죽음

나이가 들수록 부고 소식이 잦아진다. 요즘에는 전화나 메시지가 아니라 단체 채팅방으로도 부고 연락이 온다. 채팅방은 "(삼가) 고인의 명복을 빕니다"라는 내용으로 가득 찬다. 이때 '고인의 명복을 빕니다' 하고 마침표를 찍느냐 찍지 않느냐가 잠깐 논란이었는데, 고인은 저세상에서의 명이 남아있기에 마침표를 찍지 않는다고 결론이 났다.

그렇다면 명복冥福은 무엇일까? 명복은 어두울 명에 복 복을 써, 죽은 뒤 저승에서 받는 복을 말한다. 즉, 사후세계에서 고인의 평온한 안식을 기원하는 것이다. 따라서 이 명복은 비는 사람에 따라 다른 의미를 품을 수 있다. 잘 먹고 잘 살기를, 아프지 않기를, 속상한 일이 없기를, 반드시 인간으로 다시 태어나기를, 천국에 가기를, 고통이 없기를. 명복에는 수많은 의미가 들어 있으며 반드시 죽음 뒤를 생각한다.

서울대학교병원의 정현채 명예교수는 죽음을 두고 "저세상으로 나가는 문"이라고 했다. 저세상에 대하여 확실하게 단언할 수는 없지만 (모두가 그럴 것이다) 나는 그것 또한 믿음의 영역이라고 생각한다. 또한 사후 세계가 있다고 믿음으로써 도처에 놓인 죽음을 위로받는다.

1969년 아폴로 11호는 달에 첫 발자국을 찍었다. 그 전까지만 해도 우리가 달에 대해 아는 바는 없었다. 미지의 세계에 대한 호기심이 달로 우주선을 보냈고, 지금까지도 여전히 우주에 대한 지속적인 연구와 관심을 불러일으킨다. 나는 죽음도 우주와 마찬가지라고 생각한다. 끝을 알 수 없이 광활하고, 그렇기에 쉽게 단정 지을 수 없으며, 한 사람의 경험이 모두의 경험일 수는 없는 것. 그리하여 차마 예측 불가능한 세계. 사람들은 모두 겪은 만큼만 알고 본 만큼만 이해한다. 아무리 타인을 이해하는 척해도 결국에는 절대 알 수 없기에 타인이다. 젊음은 늙음을 모르고, 삶은 죽음을 이해한다고 장담할 수 없는 것처럼 말이다.

순리에 따른 죽음은 어떨 것 같은가? 말 그대로 순리이니 쉬울 것 같은가? 대학교에서 몇 학기 동안 '죽음준비교육'을 가르쳤다. 그때 나는 학생들에게 죽음을 떠올리면 어떤 생각, 느낌이 드는지를 물었는데 "잊힌 존재가 되는 것이 두렵다."는 대답이 제법 많았다.

사람들은 죽음을 막연히 어둡고 깜깜한 것으로 인식한다. 그러니까 죽음을 죽음으로 받아들이기보다 죽음 뒤의 생을 떠올리고 두려워한다.

그렇다면 사후 세계가 있는가? 흔히 말하는 지옥이 있는가? 기독교에서 말하는 천국과 불교에서 말하는 극락은 같은 곳일까? 그 천국과 지옥은 물리적 공간에 별도로 존재하는가, 우주 속 어딘가에 있는가, 머릿속 허상인가?

겪기 전까지는 그 수많은 가정 중 무엇이 정답에 가까운지 혹은 어떤 것도 정답이 아니라는 사실조차 알 수 없다. 그러니 죽음 이후를 생각하고 무서워할 필요 없다. 무엇이 있을지 모르기에 두렵지만, 그저 주어진 삶을 성실히 잘 살면 어쩌면 천국(이라 불리는 곳)에 갈 것이다. 만일 사후세계가 없다 해도 상관없다. 충실하게 부끄럽지 않은 삶을 살았다면 두려울 것도 없다.

우리는 고인에게 '돌아간다.' '돌아가셨다.'라고 한다. 죽음에 대한 두려움이 솟을 땐 그 표현을 떠올리면 도움이 된다. 본래 있던 곳으로 돌아간다면 그곳이 어디든 조금 덜 낯설고 덜 무섭고 덜 서러울 게 아닌가?

하루아침에 평생 두려워한 죽음을 초연히 받아들일 수는 없다. 하지만 죽음의 존재 자체를 인정하면 삶에 의미가 생긴다. "행복은 추구의 대상이 아니라 무언가 몰두할 때 생겨나는 부산물 같은 것"*이다. 행복이 목적이 되면 오히려 행복에서 멀어지게 된다. 임종이 다가올수록 환자들은 혼자 있을 때 죽음에 이를까 봐 두려워한다. 그 두려움에 빠지면 가족들과 함께일 때도 외롭다.

우리나라는 병원에서 임종을 맞는 경우가 70퍼센트 이상이다. 나도 부모님의 임종을 집에서 맞으려 했지만 아버지는 응급실에서, 어머니는 요양병원에서 돌아가셨다. 그만큼 요즘에는 집에서 임종을 맞는 것이 몹시 어려운 환경(여건)이다. 솔직히 나는 응급실이나 병실, 중환자실에서 온갖 처치를 받으며 만신창이가 된 몸으로 "○○○님, △시 △△분에 사망하셨습니다."라는 의사의 사망 선고보다는 호스피스 병동이나 집에

* 구본형 · 홍승완, 《마음편지》, 을유문화사(2023).

서 "오은경 님, 좋은 곳에 가셨습니다."라는 말이 내 죽음 뒤에 따라왔으면 좋겠다.

그렇다고 무턱대고 집에서 임종을 맞겠다고 고집할 필요는 없다. 임종이 가까워졌을 때 병원에 가야 하는 경우도 있다. 집에서 해결할 수 없는 심한 증상이 있다면 조절을 위해서라도 병원에 가야 한다. 가령 어딘가에서 출혈이 지속될 때, 지속적으로 경련이 있을 때, 기존의 방법으로 조절 안 되는 극심한 통증이 있을 때, 호흡 곤란이 극심할 때 등이다.

롤란트 슐츠는 《죽음의 에티켓》에서 사람은 저마다의 서사가 존재하지만 누구나 홀로 죽고, 그 죽음은 유일무이한 사건이라고 말하며, 죽음을 일상적인 과정이자 보편적인 현상으로 정의했다. 따라서 롤란트 슐츠가 바라보는 마지막 순간은 탄생처럼 우연히 선택된 사람과 우연히 가는 것이다.

임종 과정에서 시행하는 연명의료는 가는 사람을 가지 못하게 잡아끈다. 그럼 그 사람은 죽음의 문고리를 잡은 채 나가지도, 들어오지도 못하는 어정쩡한 상태가 된다.

대부분의 사람이 임종기에 연명의료를 원하지 않는다. 하지만 부모나 자식에 한해서는 다르다. "연명의료를 하시겠습니까?"라는 질문 앞에서 "하지 않겠습니다."라고 말하기가 쉽지 않다. 어떻게든 하루라도 더 사랑하는 사람의 삶이 연장되기를 바란다. 누구나 존엄한 죽음을 원하지만 이상과 현실 사이에 간극이 존재한다. 즉, 나에게 적용하는 것과 가족에게 적용하는 것의 잣대가 다르다. 그 간극을 좁혀나가야만 구체적으로 죽음을 떠올릴 수 있다.

품위 있는 죽음

연명의료에 관한 논의는 모두가 피하고 싶어 하지만, 결국 누구나 맞닥뜨리는 주제다. 우리는 삶을 어떻게 살지에 대해 수없이 고민한다. 하지만 그 끝을 어떻게 맞을지는 별로 생각하지 않는다. 이런 고민을 하게 만드는 제도가 바로 2018년 시행된 '연명의료결정법'이다.

이 법의 정식 명칭은 '호스피스·완화의료 및 임종과정에 있는 환자의 연명의료결정에 관한 법률'로, 죽음을 맞이하는 과정에서 환자의 고통을 줄이고 존엄을 지키기 위한 목적에서 제정되었다. 연명의료는 더 이상의 치료 효과는 없지만 생명만 연장하는 의료 행위를 말한다. 여기에는 심폐소생술, 인공호흡기 장착, 항암제 투여, 혈액투석 등이 포함된다. 임종이 임박한 환자가 생명 연장 장치를 유지할 것인지, 이를 중단할 것인지 선택할 수 있게 한 것이다.

다만 이 법이 말하는 연명의료 중단은 안락사나 존엄사와는 다르다. 단순히 '필요 없는 연명의료를 하지 않겠다'는 의미이지, 의도적으로 생명을 단축하는 것과는 거리가 있다. 연명의료를 중단하기 위해서는 반드시 담당 의사와 또 다른 전문의가 함께 판단해야 한다. 임종이 임박했는지, 회생 가능성이 없는 상태인지가 주요 기준이 되기 때문에 법의 취지가 오해되지 않도록 신중한 절차를 요구한다.

연명의료, 존엄사 논란을 일으킨 사건들

연명의료결정법에 대한 사회적 논의는 1997년 보라매병원 사건으로부터 시작되었다. 당시 만성 알코올 중독이던 58세 남성이 급성 경막하출혈과 급성 경막외출혈로 긴급 수술에 들어갔다. 많은 양의 수혈을 받으며 밤새 수술했고, 중환자실에서 인공호흡기를 달고 있었다. 뒤늦게 나타난 환자의 보호자

(부인)는 퇴원을 요구했다. 의료비를 감당할 수 없었고, 남편이 식물상태가 되는 것보다는 죽는 게 낫다고 생각했다.

담당 신경외과 의사는 애써 힘들게 수술했는데 뒤늦게 나타난 보호자가 치료도 안 받고 퇴원하겠다고 하니 터무니없는 일이라며 거절했고, 심지어는 "돈이 걱정이라면 환자가 다 나은 뒤에 몰래 도망가라."고까지 했다. 하지만 환자의 보호자는 의료비를 지급할 수 없으니 퇴원시켜 달라는 요구를 멈추지 않았다. 환자는 치명적 합병증의 징후를 보였고 회복 가능성도 현저히 낮았다. 의사는 고민 끝에 수술한 지 48시간도 안 된 환자의 퇴원을 허락했다.

수동 인공호흡기(앰부)를 달고 퇴원한 환자는 집에 도착해 의료진이 수동 인공호흡기를 떼자 곧 사망에 이르렀다. 후에 이 사실을 알게 된 환자의 동생이 고소를 진행해 경찰이 부인을 '살인 혐의'로 수사해 송치했다. 검찰은 담당 의사마저 살인 공범으로 보고 기소했는데, 2004년 대법원에서도 담당 의사에게 살인방조죄로 유죄 판결을 내렸다.

1심 판결 당시에 이미 의료계에서는 인공호흡기를 떼면 살인이라는 인식이 파다했다. 특히나 2004년 판결 이후로는 '인공호흡기 제거=살인'이라는 공식이 자리 잡혔다. 그 이후에는 회복가능성이 없고 사망이 임박한 환자여도 연명의료를 중지

하지 못하는 분위기가 생기면서, 집착적이고 방어적인 진료라는 또 다른 사회문제를 낳았다.

당시 법원은 회복 가능성이 없는 환자라도 생명 연장 장치를 제거할 수 없다고 판결했는데, 이후 각 병원 중환자실이 퇴원할 수 없는 환자들로 가득 찼고 의료계와 가족 모두에게 큰 논란을 남겼다. 특히 이 판결로 가족들의 의료 의존 현상이 높아지고, 병원들은 방어적 진료에 나서는 경향이 강해졌다.

2009년에는 '김할머니 사건'이 있었다. 김할머니는 2008년 2월에 폐암 조직검사를 받다가 과다출혈로 식물인간이 되었다. 김할머니의 자녀들은 연명의료 중단을 요구했고, 재판 끝에 2009년에 대법원에서 승소했다.

> 식물인간 상태인 고령의 환자를 인공호흡기로 연명하는 것에 대하여 질병의 호전을 포기한 상태에서 현 상태만을 유지하기 위하여 이루어지는 연명치료는 무의미한 신체침해 행위로서 오히려 인간의 존엄과 가치를 해하는 것이며, 회복 불가능한 사망의 단계에 이른 환자가 인간으로서의 존엄과 가치 및 행복추구권에 기초하여 자기결정권을 행사하는 것으로 인정되는 경우에는

연명치료 중단을 허용할 수 있다. (대법원 판결)

"연명치료는 인간의 존엄을 해칠 수 있다."는 대법원의 판결은 존엄사에 대한 논의를 본격적으로 활성화했다. 물론 이 주제를 두고 여전히 사회는 양가적인 의견을 주고받는다는 것도 간과할 수는 없다.

회생과 회복의 의미는 무엇일까?

연명의료와 관련해 가장 많이 논의되는 단어가 '회생'과 '회복'이다. 언뜻 비슷해 보이지만 이 둘은 미묘하게 다르다. 회생revival은 죽음에 가까운 상태에서 '다시 살아나는 것'을 의미한다. 죽음 직전까지 갔지만 가까스로 살아남는다면 이는 회생이라 할 수 있다. 반면, 회복recovery은 본래의 건강한 상태로 돌아가는 것이다. 연명의료를 유지할지, 중단할지를 고민할 때 이 두 단어가 중요한 이유는 단순히 생명을 이어가는 회생만으로 충분하지 않을 때가 있기 때문이다.

예를 들어 중환자실에서 생명 연장 장치로 생명을 이어가는 환자들에게 회복의 가능성이 없다면 연명의료는 사실상 무의미하다. 연명의료결정법은 이런 상황에서 환자의 존엄을 지킬 수 있도록 환자와 가족의 결정을 존중하고자 한다.

말기 환자와 식물상태 환자는 같은가?

흔히들 말기 환자와 식물상태 환자를 동일하게 생각한다. 말기 환자는 적극적인 치료를 받아도 더 이상 회복이 불가능하고 수개월 내 사망이 예상되는 상태다. 반면, 식물상태 환자는 의식이 없는 상태일 뿐, 적절한 돌봄만 주어진다면 오랜 시간 생명을 유지할 수 있다. 심지어 가끔씩 의식을 되찾는 사례도 있다. 어떤 환자는 수십 년을 식물상태로 지내다가 깨어나 가족들에게 자신이 겪었던 이야기를 들려주고, 심한 교통사고로 식물상태에 빠졌던 아이가 10개월 뒤 의식을 찾아 "자장면이 먹고 싶다."고 말해 기약 없던 가족들에게 다디단 선물을 안겨 주었다. 이러한 사례는 식물상태의 환자들 역시 다양한 가능성을 지니고 있으며, 말기 환자와 같은 상태로 볼 수 없다는 사실을 보여준다.

하지만 식물상태 환자도 사망이 임박했을 때는 연명의료 중단을 결정할 수 있다. 이때도 법적으로는 해당 분야 전문의와 담당 의사가 함께 판단해야 한다. 의사 두 명의 판단에 따라 임종이 임박했다고 결론냈을 때만 연명의료를 중단할 수 있다.

평화로운 죽음을 위해 선택할 수 있는 것들

대부분의 어르신들은 연명의료를 받고 싶지 않다고 말한다. "내가 반송장 돼서 누워만 있으면 그저 편안히 보내 달라."는 요청이다. 하지만 현실적으로 모든 것을 당사자 스스로 결정할 수 없는 상황이 오면, 그 뜻을 정확히 반영하기 쉽지 않다. 그래서 요즘에는 평소에 자신의 죽음을 미리 떠올리고, 선택해 문서로 남겨두려는 사람들이 늘고 있다(2018년 도입 이후 6년 만에 사전연명의료의향서 작성자가 260만 명을 넘어섰다). 이처럼 삶을 이어가는 것만큼 삶을 마무리하는 방법에도 준비가 필요하다.

삶의 마지막을 준비하고, 선택할 수 있는 방법에 대해 우리가 더 자주, 더 많은 이야기를 나눈다면, 그 끝은 조금 더 따뜻하고 평화로울 것이다.

'품위 있는 죽음'은 삶만큼 중요하다. 당하는 죽음에서 선택하는 죽음으로, 어쩔 수 없는 죽음이 아닌 맞이하는 죽음으로 삶을 다시 쓰려면 임종 전 6개월은 삶을 정리하는 데 써야 한다.

참고 문헌
허대석, 《우리의 죽음이 삶이 되려면》, 글항아리(2018).
김옥라 외 12명, 〈존엄한 죽음과 연명의료결정 제도-이윤성〉, 《죽음준비교육 20강》, 샘솟는기쁨(2021)

연명의료를 하지 않겠습니다

사전연명의료의향서란, 임종이 예측될 상황을 대비해 무의미한 생명 연장 시술이나 호스피스 이용 등에 대한 의사를 미리 밝히는 문서다. 직접 자신의 의사를 표현할 수 없는 임종기를 대비하여 연명의료에 대한 본인의 의사를 미리 표명하는 문서로 이해하면 쉽다.

사전연명의료의향서 작성에는 네 가지 의의가 있다.

첫째, 미리 임종과 연명의료에 대해 생각해 볼 기회다.

둘째, 본인의 삶을 마무리하는 방식을 스스로 결정할 수 있다(자기결정권).

셋째, 죽음에 대해 가족 구성원과의 소통을 활성화한다.

넷째, 연명의료결정에 관한 환자와 의료진 간의 소통의 기회를 마련한다.

도봉구 복지관에서 진행한 죽음준비교육에서는 사전연명의료의향서를 이렇게 정의했다.

"사전연명의료의향서의 중심은 사랑입니다. 죽음을 맞는 이가 자기 자신의 삶을 사랑하는 것이며 남은 가족에 대한 사랑이며 남은 가족들은 죽음을 맞는 이에 대한 사랑입니다. 진실한 사랑이 있을 때만이 사전연명의료의향서는 의미를 가질 수 있습니다."

내가 결정하지 않으면 평소 나의 뜻을 몰랐던 가족들이 고통스러운 결정을 해야 한다. 그래서 '사전연명의료의향서의 중심은 사랑'이라고 정의한 것이다.

나는 사전연명의료의향서를 작성하러 온 내담자를 상담하고 작성을 도왔다. 먼저 명찰을 보여주고 그들이 나를 신뢰할 수 있도록 소개한다. 방문자 대부분이 병원 등록 환자이므로 "지금 많이 편찮으신 데가 있으십니까?" 하고 심각한 질환이 있는지 확인한다. 그다음에는 사전연명의료의향서를 알게 된 경로를 물어 이해도를 살피고, 작성을 결심하게 된 동기를 묻는다. 그다음엔 자세한 내용을 안내하고 단락마다 이해 여부를 확인한다. 내담자가 동의하면 중환자실에서 시행하는 심폐소생술, 인공호흡기, 혈액투석 영상을 보여준다. 중환자실의 모습을 한 번도 본 적 없거나 드라마를 통해 형성된 환상을 가진 경우가 있어서 그 간극을 메우기 위함이다.

대개는 문서 작성 후 한참 뒤에 임종을 맞는다. 따라서 이 내용을 확실히 기억할 수 있도록 인상 깊은 상담을 해야 한다. 특히 임종 과정이 어떤 상태인지와 연명의료의 무의미성에 대해서는 충분한 시간을 가지고 질문을 받고 반복 설명할 필요가 있다. 서명까지 완료하면 출력물과 설명문을 봉투에 넣어 건네며 "가족들에게도 공유하세요." 한다.

마지막 순간에 대한 자기결정권

임종이 가까웠을 때 연명의료를 할지 말지 결정하면 안 되냐고 묻는 사람도 많다. 임종이 가까워지면 환자의 에너지 수준은 현저히 저하된다. 이 무렵에는 중요한 주제의 대화나 의사 결정뿐만 아니라 대화를 나누기도 힘들어진다. 입이 바싹 말라서 말 한마디 편히 하기도 어렵다. 대부분 이 사실을 간과한다. 현실은 유언까지 완벽하게 하고 운명하는 드라마 속 장면과 완전히 다르다.

연명의료결정법이 시행되고 한 달이 흘렀을 때 응급중환자실에 입원한 50대 후반 남성 환자의 사전연명의료의향서 작성을 도와달라는 연락을 받았다. 의사가 설명하고 연명의료계획서를 작성하면 되는데, 법 시행 초기라 의사들의 이해가 부족했다. 그 사실을 모르지 않았기에 나도 그 부탁을 거절할 수 없었다.

환자에게는 의식이 있었다. 나를 소개하자 눈을 뜨고 바라보고 묻는 말에 눈을 깜빡이기도 했다. 하지만 인공호흡기를 달고 있어 소리를 낼 수 없었고 팔을 움직이기는 하지만 볼펜을 쥘 기력은 없었다. 사전연명의료의향서 작성을 아들이 참관했다. 나는 이 환자가 자신의 의사를 확실히 표명할 수 있는 상태라고 보아도 좋은지를 고민했다. 문서를 작성하는 것이 적절한지, 정말 당사자에게 도움이 되는지 망설여졌다. 그래도 연명의료를 중단하겠다는 환자의 의지가 확고했기 때문에 최선을 다해서 중요한 내용을 쉽고 간략하게 설명하고, 환자의 눈 깜빡임으로 동의 여부를 판단했다. 아들이 환자의 손을 감싸 서명을 진행했다.

나의 결정권, 그러나 나만의 것일 수 없는

나의 죽음을 내가 주체적으로 결정할 수 있다면 삶을 바라보는 태도와 중심이 달라진다. 하지만 나중에 마음이 바뀌었을 때 철회할 수 없을까 봐 작성을 망설인다. 사전연명의료의향서는 언제든지 작성할 수 있고, 언제든지 변경, 철회 가능하다.

외국에서 교통사고가 크게 나서 죽음의 목전까지 갔었던 50대 후반의 여성이 있었다. 그녀는 중환자실에서 몇 달, 재활 치료에 1년 이상의 시간을 투자해 간신히 일상생활에 지장 없을 정도로 몸을 회복했다. 큰 사고를 한 번 겪었기 때문인지 그녀의 마음속엔 '언제든지 그런 사고가 날 수 있다.'는 생각이 자리하게 되었다. 중환자실에서의 몇 달이 두 번은 겪고 싶지 않을 만큼 끔찍하고 무서웠기에 이런 일이 다시 일어난다면 다신 중환자실에서 긴 시간을 보내고 싶지 않았다. 그녀는 사전연명의료의향서의 취지를 충분히 이해한 후 작성을 마쳤다.

2주 후에 그녀가 딸과 함께 다시 찾아왔다.

"애들이 설득이 안 되네요."

잔뜩 풀이 죽어 철회 의사를 밝혔다.

"예순도 안 된 사람이 작성하겠다는데 그걸 그냥 둬요? 그런 사고가 또 나더라도 살아날 확률이 얼마나 높은데요. 지금 당장 철회해 주세요! 당장요!"

아직 젊은 딸의 입장에서는 그 문서 자체가 어머니의 죽음을 의미하는 것처럼 보였을지도 모른다. 연명의료를 하지 않겠다는 문서를 작성했다고 하니 죽음에 가까워지면 살 수 있더라도 그냥 죽겠다는 말처럼 들렸을 것이다. 그러니 딸의 입장에서는 어머니를 죽게 내버려 둘 수 없지 않겠는가. 그 마음을 이해할 수 없는 것은 아니라 사전연명의료의향서의 철회를 군말 없이 도왔다. 본인이 좋은 의도로 충분히 고심하고 작성했더라도 가족들이 반대하면 연명의료를 할 수밖에 없다. 이런 사태를 방지하기 위해서라도 사전연명의료의향서 작성 전후 가족과 충분히 대화해야 한다. 자신의 뜻을 가족들에게 명확히 밝히고 서류를 작성했다는 사실도 알려야 한다.

수많은 환자의 끝을 지켜보며 나 또한 연명의료를 받지 않겠다는 확고한 의지가 생겼다. 가족들에게 누차 이 이야기를 했더니 나중에는 "걱정하지 마세요. 어머니 뜻대로 해드릴 테니!"라는 대답이 돌아왔다. 나의 의사로 죽음을 결정하는 일은 당연히 존중받아 마땅하지만, 가족들이 그 의사를 받아들여야 한다.

허대석 서울대병원 내과 명예교수는 "의료진과 가족 의견이 일치하는 비율은 40%, 환자와 가족의 의견 일치율은 65% 수준"이라며 "본인은 연명의료 대상이 되는 걸 반대하지만 가족 대상일 때는 찬성하는 사람이 많다."고 했다.*

이와 관련한 사례가 하나 더 있다. 70대 중반의 남성 환자의 암세포가 폐에서 뇌로 전이되었다. 의사로부터 치료를 기대하기 힘들다는 이야기를 듣고 큰딸과 사전연명의료의향서를 작성하러 왔다. 한 시간가량 질의응답을 하고 서류에 서명하고 갔는데, 한 달 반 뒤에 그가 응급실로 실려 왔다. 입원 중이던 요양병원에서 심폐소생술과 기관삽관을 하고 본래 치료받던 병원으로 이송한 것이다. 응급실에서는 사전연명의료의향서를 전산 조회하고 보호자에게 연락했다. 하필 주로 아버지를 돌보았던 큰딸과 연락이 안 되어 작은딸에게 연락이 갔는데 작은딸은 그런 서류가 있는 줄도, 부친이 작성을 한 지도 몰랐다. 그러면서 병원에서 할 수 있는 치료는 전부 해달라고 요청했다. 연락이 된 보호자의 의사가 확고했으므로 결국 연명의료는 시작되었다. 환자의 상태는 잠깐 안정되는 듯했지만 금세 나빠졌다. 큰딸과 작은딸이 대립하는 동안 그 환자는 2주

* 김경은, 〈응급실 사망자 40%, 고통스러운 연명치료 받다 숨져〉, 《조선일보》, 2022년 7월 19일.

더 연명의료를 받다가 사망했다. 그 사이에서 환자의 자기결정권은 사라져 갔다. 환자의 의사와 상관없이 지속된 연명의료와 연장된 목숨은 삶의 연장이라기엔 고통의 연장에 가까워 보였다. 연명의료결정법 시행 초기였기에 환자도, 환자의 가족도, 의료진도 모두 어려웠던 것이다.

그 학생은 왜 연명의료를 하지 않으려 하나

나에게 사전연명의료의향서를 작성하러 온 사람들은 대부분 70세 이상 노년층이었다. 그런데 어느 날, 고등학교 3학년 학생이 작성을 원한다고 찾아왔다. 만 19세부터 작성할 수 있어서 안 된다고 안내하면서 작성을 원하게 된 이유를 물었다.

"어려서 신장을 이식받았어요. 벌써 10년이 지나서 재이식을 받아야 하는데, 또 수술받고 그 힘든 시간을 버틸 자신도 없고요. 엄마랑 아빠한테 부담 주기도 싫어요. 이미 저 때문에 고생이 많았잖아요. 제가 아프니까 두 분도 힘들었거든요. 또 이렇게 괴롭히기 싫어요."

어린 나이에 생각이 성숙해도 너무 성숙했다. 부모님을 살피는 마음은 기특했지만, 투병 생활을 하면서 제 나이보다 빨리 어른이 된 것 같아 안쓰러웠다. 신장 이식은 일단 신장을 제공해 주는 공여자가 있어야 하고, 이식 후 평생 면역억제제 복용을 해야 해서 수술 전부터 수술 후까지 어느 것 하나 쉬운 단계가 없다. 어린 나이에 그 과정을 모두 겪어냈으니 그 나이의 천진함보다는 초연함이 컸던 것이다.

내가 그 학생을 다시 만난 건 학생이 만 19세가 되는 생일 다음 날이었다.

"저 이제 법적으로 문제없죠?"

가족이 오랜 병치레를 했거나 사망을 경험했을 때, 또는 큰 수술을 앞둔 사람들이 사전연명의료의향서를 작성하러 많이 방문한다. 투병 생활의 어려움을 누구보다 잘 알기 때문이다.

뇌수술을 앞둔 30대 초반의 여성이 온 적도 있었다. 뇌혈관 기형으로 수술을 해야 하는데, 사람 일이 어떻게 될지 모르니 고민 끝에 방문했다고 말했다. 그녀는 미혼이었는데 만약의 상황에 부모님이 연명의료를 결정하게 되면 어떡하나 걱정하고 있었다.

"아무리 생각해도 그건 불효잖아요. 이런 결정은 내가 해야죠."

담담히 자신의 생각과 염려를 표현하는 모습에서 성숙함이

묻어 나왔다. 그녀의 서류 작성을 도우며 사려 깊은 그녀의 수술이 무탈하게 끝나기만을 바랐다.

50대 중반의 남성은 갑작스러운 어머니의 죽음을 겪은 후에 상담하러 왔다. 그는 서울에서 직장을 다녔는데, 지방에 혼자 사는 70대 후반의 어머니에게 매일 전화 문안을 드렸다. 그러던 어느 날 아침에 어머니가 전화를 안 받았다. 급하게 어머니와 친한 동네 어르신에게 안부를 확인해 달라고 부탁했는데, 어머니가 집에 쓰러져 있다는 게 아닌가. 발견했을 때는 이미 상태가 심각해 얼마 버티지도 못하고 돌아가셨다.

"저는 미혼이고 앞으로도 아마 그럴 겁니다. 혼자 집에 계시다가 돌아가신 어머니를 보니 내 일이 될 수도 있겠다는 생각이 들더군요. 가족이라곤 누나 하난데, 누나에게 이 일까지 짊어지게 하고 싶지 않아요. 내 죽음은 내가 미리 결정해 두고 싶습니다."

사실 이들의 선택은 오로지 자신만을 위한 것이 아니다. 남겨질 사람들을 배려하는 차원에서 이루어질 때가 더 많다. 절체절명의 순간에 남은 가족들의 고민을 조금이라도 덜어주기 위해 직접 그 무게를 짊어진다. 때때로 죽음은 잔혹한 얼굴을 한다. 하지만 어떤 죽음은 마지막까지 남겨질 사람들을 위한다.

한 말씀만 하소서

2018년은 우리나라에서 연명의료결정법이 시행된 첫 해였다. 나는 병원 내의 상담 공간에서 사전연명의료의향서 작성을 도우며 신청자들을 상담했다. 선례가 없어서 이럴 땐 어떻게 해야 한다는 프로세스가 없었고, 다른 상담자들이 어떤 식으로 상담을 진행하는지도 알 수 없었다.

내담자들을 통해 전해 듣기로는 상담사의 간략한 설명만 듣고 사전연명의료의향서를 작성하거나, 설명이 불충분해서 작성을 하지 않고 그냥 가는 경우가 제법 많았다. 나는 고집스럽게 최소 상담 시간을 한 시간으로 정하고 예약을 받아 진행했다. 생의 마지막에 연명의료를 할지 안 할지를 결정하고 문서화하는 일에 설명이 미흡하면 안 된다고 생각했다.

사전연명의료의향서를 충분히 설명하고 이해시켜야 내담자들이 자신의 선택을 온전히 책임질 수 있다. 나는 2018년에만 500건 이상의 상담을 진행했는데, 대개는 배우자 또는 자녀와 방문했다. 배우자와 함께 사전연명의료의향서를 작성하러 온 경우에는 설명은 같이 들어도 작성은 별도로 하게 했다. 함께 설명을 들을 때는 아무 질문 없이 금방이라도 작성할 것 같던 사람들도 따로따로 혼자 작성하도록 하면 질문이 많아지고 작성을 망설였다.

가끔은 살매(살짝 치매)라면서 어르신을 데리고 오는 자녀도 있었다. 스스로 결정할 인지 능력이 없으면 사전연명의료의향서 작성을 위한 상담을 진행하지 않는다(연명의료결정법이 그렇다).

상담은 먼저 내담자의 인생을 돌아보게 돕는다. 인생에 큰 위기는 없었는지, 어떻게 극복해 왔는지 등을 듣고 지금 왜 죽음을 생각하고 있는지, 인생의 끝자락에서 생명을 연장해 줄 수도 있는 연명의료를 거부하고자 하는 이유가 무엇인지를 반드시 확인한다. 신기한 점은 그들이 들려주는 인생 이야기가 나에게도 큰 공부가 된다는 점이다. 저마다의 사연도, 극복 방법도 달라서 내가 미처 알 수 없었던 방향으로 시야가 열렸다. 이 과정을 거치면 상담이 끝날 무렵에 내담자들은 자신의 이야기를 들어준 나에게 친밀감까지 느꼈다.

그다음에는 내용을 설명하기 앞서 내담자들의 질문을 받는다. 사전연명의료의향서의 내용을 잘못 알고 와서 도리어 화를 내는 사람도 있다. 연명의료가 큰 사고 직후나 식물상태부터 폭넓게 적용되는 줄 알았는데 생의 말기(임종기臨終期) 며칠 동안만 적용된다는 걸 알고 분개하며 작성을 안 하고 가기도 한다. 의료 기술의 발달로 생명을 얼마간 연장할 수 있다는 이야기에 망설이다가 결정을 못 하는 사람, 본인이 기독교 교회 장로라 생명을 마음대로 단축할 수는 없다며 목사님과 상의하고 다시 오겠다고 하는 사람도 있다. 아직 사람들에게 연명의료가 충분히 알려지지 않았고, 그에 따른 이해도가 낮아서 벌어지는 일이다.

2018년 겨울, 추워도 너무 추운 날이었다. 80대 초반의 여성이 긴 밍크코트를 입고 왔다. 80대 어르신임에도 그 나이로 볼 수 없을 만큼 잘 가꾼 고상한 모습이었고, 명확한 발음으로 말도 조리 있게 잘했다. 그런데 얼굴에 그늘이 드리워 있었다.

나는 늘 해온 대로 지난 삶을 물었다. 그녀는 머뭇거리다 입을 열었다.

"아들 하나 딸 하나 두고, 경제적으로나 사회적으로 좋은 대접받으며 살았어요. 자식들이 공부도 다 잘했고 제 몫을 다 하는 성인이 되었지요. 내심 정말 자랑스러웠어요. 남편이 죽을 때도 섭섭은 했지만 살 만큼 살다 간 거니 괜찮다고 애써 위로하며 지냈어요."

그녀는 잠깐 이야기를 망설였다.

"3년 전에 비보를 들었어요. 해외 봉사 간 아들이 사고사 했다고. 영민하여 학벌도 좋았고 사회적으로 덕망도 있어서 해외에서도 나라를 빛내는 훌륭한 일을 하는 아들이었어요. 내 자랑이었지요. 그런 아들이 늙은 어미보다 먼저 갔다는데 하늘이 무너지고 땅이 치솟더군요. 시신도 못 봤어요. 그저 흰 보자기에 싸여 온 유골만…."

그녀로서는 상상도 못 했던 일이었다. 도무지 믿기지 않았고 받아들일 수도 없었다.

"미칠 것 같더군요. 이젠 두 번 다시 아들을 볼 수 없다는 사실이요. 내가 너무 힘드니 며느리나 손주를 돌볼 겨를도 없었어요."

다니던 성당의 신부님 권유로 붓글씨도 써보고 명상도 해보았으나 마음이 다스려지지는 않았다. 살아있어도 산 것 같지 않은 세월이 그녀를 짓눌렀다. 그러던 중 죽기 전 연명의료를 안 하려면 사전연명의료의향서를 작성하고 국가에 등록해야 한다는 뉴스를 보고 오게 되었다고 경위를 설명했다. 딸은 먼 이국에서 살아서 전화는 자주 하지만 우리나라에 오기 쉽지 않았고, 며느리와는 아들이 죽고 3년이 흐르면서 데면데면해졌다. 무엇보다 남편 잃은 슬픔이 얼마나 클지 알기에 시어머니 보는 게 더 고통이겠다 싶어 연락하기가 꺼려졌다. 물론 그녀도 며느리를 보면 자꾸만 아들 생각이 나 미칠 것 같았다.

"나 죽을 때 누구에게도 생명 연장에 대한 부담은 지우지 않겠어요."

낮은 톤으로 조곤조곤 말하면서도 자신의 감정에 휘둘려 눈물을 보이지 않았다. 무겁고 어렵게만 느껴지는 죽음을 바라보고 말하는 태도에서 형용하기 힘든 절제력과 품위가 느껴졌다. 가만히 그녀의 이야기를 듣다가 물었다.

"박완서 선생님의 《한 말씀만 하소서》라는 책 아세요?"

"아니요. 무슨 내용인데요?"

"박완서 선생님의 의사 아들도 병원에서 근무하다가 사망하셨거든요. 그 분도 아들 잃은 슬픔을 이기지 못하여 몸부림쳤어요. 가톨릭 신자가 하늘에 대고 손가락질하면서 입이 있으면 말씀 좀 해보시라고 패악을 떨었다더라고요."

"나랑 같네."

"한 번은 박완서 선생님이 해운대 바닷가에서 우연히 사금파리 줍고 있는 여인을 보았더래요. 근데 그 여인을 보고 문득 '저 여인에게는 아들이 하나 있겠지. 그 아들이 놈팡이라 일을 안 하니 저 여인이 사금파리라도 주워 팔아 생계를 이어나가고 있구나. 그래도 행복하겠지. 저 여인은 아들이 살아 옆에 있으니.' 하는 생각이 들었다는 거예요."

그녀가 내 말을 들으며 말없이 고개를 끄덕였다.

그녀는 서류를 작성한 후에 자리에서 일어나며 말했다.

"얼른 가서 그 책을 사서 보아야겠어요."

내 말이 그녀에게 조금이라도 위로가 되었기를 간절히 바랐다.

우리는 종일 해가 쨍하니 잘 드는 정남향 집을 좋아한다. 그러나 정남향 뒤편이야말로 가장 어두운 법이다. 사전연명의료의향서를 작성하러 온 그녀처럼.

마지막까지 사유한 자의 죽음

K는 40대 중반의 사진작가로 부인암 환자였다. 말기에 이르러 항암이 의미가 없어지자 그녀는 자신의 신변을 정리하기 시작했다. 옷이나 소유물은 물론이고, 특히나 자신의 분신처럼 여겼던 사진들도 거의 다 태워버렸다. 자신의 손으로 삶의 흔적을 정리하는 것이 쉽지는 않았다. 하지만 버릴 건 버리고 나눌 건 나누면서 그녀는 투병 기간 내내 자신을 따라다니던 무거운 짐을 내려놓은 듯 홀가분했다. 이제 죽을 날만 기다리면 되었다. 통증은 마약성 진통제로 조절이 꽤 잘 되고 있었다. 남편도 휴직하고 극진한 병간호를 해주었고 자식이 없으

니 눈에 밟히는 것도 없었다. 더 바랄 것도 요구할 것도 없었다. 다만 장이 복막에 들러붙어 음식물이 내려가지 못하니 입으로 음식을 먹을 수 없어서, 의사들이 종합영양수액을 달아주었다. 처음엔 힘도 나고 좋은 것 같았으나 그나마도 점차 거추장스러워졌다. 그것 때문에 자유롭게 오가지 못하고 침대에 붙들려 있는 것도 불편했다. 치료가 무의미한 상황에서 병원에 계속 입원해 있어야 하는 것이 제일 싫었다.

K는 수액을 거부하기로 했다. 하지만 이상하게 호스피스로 가고 싶지는 않았다. 자신의 고통을 애먼 누군가에게 넘겨주는 것 같아서 선뜻 내키지 않았다. 죽음은 예고 없이 다가오는 만큼 남은 시간을 예측할 수 없다. 그녀도 마찬가지였다. 남은 시간을 이렇게 무료하게 죽을 날만 기다려야 한다는 게 싫고 끔찍했다. 하지만 방법을 몰랐다. 여기저기를 돌아다니고 취미를 즐기기에는 기력이 없고, 가만히 누워만 있자니 남은 시간이 아까웠다.

K는 그 무렵 나에게 연락을 했다. 죽음까지 마지막 몇 달을 어떻게 보내야 하는지 알려주는 자료들이 턱없이 부족하다는 아쉬움을 토로했다.

"같이 책을 써보면 어때요?"

동시에 K는 그것이 자신의 마지막 숙제임을 깨달았다. K는 죽음 가이드북을 만들기 위해 자료를 찾고, 읽고, 썼으며 우리는 종종 만나 함께 아이디어를 나누었다. 상태가 자꾸 기울어지는 와중에도 그녀는 그 일을 게을리 하지 않았다.

“나 같은 고민을 하는 사람이 또 있겠죠.”

하지만 K는 그 일을 마치지 못했다. 으레 그렇듯 죽음이 예고도 없이 그녀를 덮쳤기 때문이다. 하지만 한편으로는 이런 생각을 한다. 마지막까지 사유를 멈추지 않았던 그녀야말로 ‘잘 죽어가는 일’을 설명할 수 있는 하나의 이야기 될 수 있다고 말이다.

죽음에서 배운 삶의 자세

2022년 한 대학교에서 '죽음으로 배우는 삶'이라는 교양과목을 진행했다. 강의에서 2009년에 개봉한 영화 〈마이 시스터즈 키퍼〉를 학생들과 함께 보고 이 영화에 관한 감상을 자유롭게 나누었다.

이 영화의 주인공 '안나'는 백혈병에 걸린 언니 '케이트'를 치료할 목적으로 태어난 맞춤형 아기다. 안나는 제대혈, 백혈구, 줄기세포부터 골수까지 필요한 모든 것을 언니에게 준다. 그 일을 당연하게 여겼으며 싫다고 거부한 적도 없다. 하지만 안나가 13살(만 11살) 되던 해, 언니 케이트의 신장이 기능하지 않게 되고 안나의 신장 이식이 필요해진다. 하지만 케이트는 더는 이런 식의 생명 연장을 원하지 않는다. 안나는 생존에 관한 언니의 권리와 자신의 신체 권리를 주장하며 부모를 고소하기에 이른다.

이 영화는 윤리적 딜레마, 신체의 자율성, 죽음과 삶의 의미, 가족 관계의 복잡성을 동시에 탐구한다. 20대 청년들이 이 복잡한 죽음을 어떻게 바라보고 이해하는지를 여러분과 함께 나누고자 한다.

A: 우리 엄마는 자신이 많이 아플 때, 연명의료는 하지 말아 달라고 하셨다. 내가 과연 엄마의 선택을 따를 수 있을까? 조금이라도 더 살 수 있게 해달라고 매달리지는 않을까? 여러 사례를 통해 수없이 시뮬레이션을 해봤지만 사실 아직 확신할 수 없다. 나는 내가 어떻게 가족의 죽음을 받아들이고 행동할지 예상할 수 없다. 그러나 미약하게나마 알 것도 같다. 시한부 인생이든 끝을 알 수 없는 인생이든 사랑하는 사람과 함께할 때 행복하고, 그런 행복한 시간으로 삶을 채워야 한다는 것을. 영화에 등장한 간호사의 "죽음도 삶의 과정입니다."라는 대사가 정말 인상 깊었다. 죽음이 삶의 끝이 아닌 삶의 과정 중 하나라는 점이.

B: 케이트의 복합적인 감정이 공감되었다. 내가 만약 케이트였다면 그녀처럼 연명의료가 아닌 죽음을 택했을 것 같다. 백혈병을 앓고 있는 케이트에게 수없이 이식을 해준 맞춤형 아기 안나와 큰오빠 제시는 케이트의 바람대로 그녀가 죽음을 맞이할 수 있도록 돕는다. 나는 이러한 행동이 현명하다고 생각한다. 이들이 있었기에 케이트가 편히 눈 감을 수 있었다. 하지만 정작 내가 안나, 제시의 입장이 되면 그들처럼 행동할 수 있을까? 죽음을 돕기란 결코 쉽지 않은 일이다. 케이트가 편하게 세상을 떠나는 방법임을 알아도, 분명 이것이 악행이 아니라는 사실을 알면서도 쉽게 행동으로 옮기지 못할 것 같다. 그래서 현실적으로 무엇이 진정 케이트를 위한 일인지를 판단해 큰 용기를 낸 안나와 제시가 존경스러웠다.

C: 내가 백혈병을 앓는 아이를 키우는 부모라면 어떻게 행동했을지 상상해 보았다. 아마 영화 속 사라(엄마)처럼 행동했을 게 분명하다. 놓아줄 용기가 안 날 것 같다. 그래서 사라의 행동이 이기적이라는 생각을 하면서도 이해가 되지 않는 것은 아니라 온전히 욕할 수 없었고, 오히려 공감되기도 했다.

D: 죽음을 지켜보는 가족들이 각자의 자리에서 묵묵히 케

이트를 위해 희생하는 모습이 대단해 보였다. 아무리 케이트의 부탁이라도 부모님을 등질 각오를 하고 언니의 부탁을 들어준 안나, 동생 케이트의 백혈병으로 항상 뒷전이었고 그로 인해 외로웠으면서도 동생을 진심으로 염려했던 만이 제시까지. 그들의 애정과 희생이 돋보였다. 사라와 같은 의견을 가지고 있었던 삼남매의 아버지 브라이언도 결국 케이트의 선택을 존중하게 되었고, 가족 구성원들의 성장이 사라를 변화로 이끌었다.

E: 이제껏 나는 수명을 최대한 연장하는 게 최선이라고 생각해 왔다. 하지만 이 영화를 보면서 죽고 싶다는 사람을 억지로 살리는 것보다는 그 사람들의 선택을 수용하고 존중하는 편이 어쩌면 가장 이상적일 수 있겠다는 생각을 처음으로 하게 되었다. 죽음에 대한 결정권을 존중하는 태도 속에는 '죽음이 부정적이지만은 않다.'는 메시지가 포함되어 있었다. 케이트는 죽음을 편안해지는 과정으로 여겼으므로 나도 죽음이 마냥 두렵거나 부정적이지만은 않다는 사실을 알게 되었다.

F: 지인도 가족이 암에 걸려서 곧 죽을 거라는 말을 듣고 한동안은 믿기지 않았다고 했다. 그 가족은 후회를 남기지 않

으려고 함께 여행을 다니며 천천히 죽음을 준비했다. 지인이 행복한 추억을 떠올리며 가족을 떠나보내는 것을 보았는데, 영화를 보면서 그 일이 떠올랐다. 만약 나에게도 그런 일이 생긴다면 마냥 슬퍼하고 부정하기보다는 가족이 편히 떠날 수 있도록 함께 힘든 시간과 슬픔을 헤쳐 나가야겠다.

G: 곧 죽을, 죽고 싶어 하는 사람에게는 '살 수 있다.' '수술하자.' '평생 함께하자.'는 말이 더 힘들 수 있다는 사실이 가슴에 와닿았다. 또한 후회 없는 죽음을 함께 준비해 나가는 과정의 중요성을 깨달았다.

H: 부모로서 가족 구성원을 지키려는 사라와 자신을 지키려는 안나 모두 우열을 가릴 수 없이 중요하다. 겉으로는 두 사람의 대립으로 보이지만 파고 들어가 보면 케이트의 죽음을 받아들이지 못하는 사라와 스스로의 죽음을 받아들인 케이트의 갈등이다. 케이트 입장에서는 자신 때문에 가족들이 무너지는 것이 병으로 인한 고통만큼(어쩌면 그보다 더) 괴로웠을지도 모른다. 죽음의 당사자를 위한다고 생각한 행동이 사실 본인의 욕심이 반영된 행동이며 이것이 당사자를 더 힘들게 할 수도 있다. 개인의 선택은 존중받아야 한다.

I: 가족들이 케이트의 죽음을 받아들임으로써 케이트는 죽음에 이르렀다. 케이트의 죽음은 세상을 바꾸진 못했지만 남은 가족들의 삶을 바꾸었다.

J: 이 영화에서는 개인의 존엄사가 제대로 지켜지지 않았다. 나 같아도 항암치료가 너무 고통스럽고 힘들어서 그냥 마음 편히 쉬다가 집에서 눈을 감고 싶을 것이다. 이렇듯 삶은 내 뜻대로 이루어지지 않는 부분이 많다는 사실을 알게 되었다. 훗날 나에게도 이런 일이 생기기 전에 연명의료의향서를 작성해 놓아야겠다. 유언서를 써서 공증도 할 것이다. 가망 없는 시간을 끄는 것보다는 그 돈으로 여행을 가고, 먹고 싶은 것을 먹고, 보고 싶은 사람들을 보고, 가족들과 시간을 보내다 떠나고 싶다. 우리는 사소한 문제들에 스트레스를 받고 힘들어하는데 막상 죽음 앞에 서면 그 고민들마저 소중해지지 않을까.

K: 'My Sister's Keeper'는 누구인가? 나의 대답은 '가족 모두'이다. 각자의 자리에서 모두를 사랑하고 배려하며, 양보하는 모습이 보였다. 딸의 죽음을 감히 떠올릴 수 없는 어머니, 자신의 죽음을 받아들이는 케이트, 언니 케이트와의 약속을 지키려고 사랑하는 어머니를 고소한 안나, 묵묵히 동생들을

지지하는 제시, 안나를 이해하는 브라이언 모두 가족에 대한 사랑이 있으며 각자의 자리에서 묵묵히 노력했다.

영화에 대한 의견을 나누며 청년들이 죽음과 연명의료를 어떻게 받아들이는지 알게 되어, 나에게도 유의미한 시간이었다. 나는 죽음에 관한 대화가 모든 연령대에서 그들만의 방식으로 자주 다루어져야 한다고 생각한다. 어떤 방향이 맞고, 틀렸는지는 없다. 하지만 죽음을 이야기하면서 우리는 조금 더 죽음을 잘 사유하게 되고, 죽음을 잘 사유하게 됨으로써 좋은 죽음에 한 발자국 더 가까워진다.

삶을 준비하는 시간

철학은 끝없이 질문을 던지고, 종교는 그 질문에 답을 찾으려 한다. 나도 죽음이라는 주제를 두고 수많은 질문을 던져왔다. 죽음이란 무엇인가? 삶은 어떤 의미인가? 죽음을 어떻게 받아들이고, 또 기억해야 하는가? 하지만 질문만 무성할 뿐, 뚜렷한 답은 없다. 때로는 이런 질문을 던지는 것조차 쉽지 않다. 나 스스로도 아직 충분히 성숙한 답을 내리지 못해 부끄럽고 미안한 마음이 든다. 그럼에도 이런 고민을 끌어안고 사는 사람이 나뿐만은 아닐 것이라는 생각으로, 이 책이 누군가에게 작은 위로가 되길 바라며 글을 썼다.

나는 병원에서 오랫동안 환자들과 그들의 죽음을 가까이서 마주했다. 응급실에서는 갑작스러운 죽음을, 가정간호팀에서는 서서히 다가오는 죽음을 지켜보았다. 루게릭병이나 암으로 고통받는 환자들, 심지어 길거리에서 생을 마감한 행려자들까지. 다양한 죽음을 마주하며 무력감과 분노, 절망을 느끼기도 했지만, 죽음을 사유하며 깨달은 점이 있다. 죽음은 누구에게나 유일무이한 사건이며, 삶의 일부로 받아들여야 한다는 것이다.

나는 기독교인이다. 하지만 죽음을 공부하면서 기독교적 관점에만 머무를 수 없었다. 환자들에게 죽음에 대해 설명할 때는 다양한 시각을 제시해야 했다. 그렇게 열심히 죽음을 공부했는데도 여전히 많은 질문이 남아 있다. 좋은 죽음과 나쁜 죽음을 나눌 수 있을까? 죽음을 준비하는 것이 꼭 필요할까? 어린아이들의 죽음을 어떻게 설명할 수 있을까? 이런 질문들에 명확한 답은 할 수 없지만, 생각할 수 있을 때 준비하고, 죽음을 이해하려 노력하는 것이 중요하다는 사실만은 안다.

죽음을 두려움이나 비밀로 가려두기보다는 삶의 한 부분으로 받아들이고, 남은 사람들에게도 유의미한 기억을 남길 수 있도록 준비하며 살아야 한다. 첨단 의료나 기술이 평화로운 죽음을 보장해 줄 수는 없겠지만, 죽음을 맞이하기 전에 스스로 삶을 정리하고 준비하는 과정은 우리를 조금 더 평온하게 만들어줄 것이다.

삶이란 결국 매일을 어떻게 살아가느냐의 문제다. 죽음은

'끝'이자 '완성'이다. 죽음을 통하면 삶을 더 깊이 이해할 수 있다. 그래서 나는 오늘도 죽음을 이야기한다. 죽음에 대한 두려움을 덜고, 스스로와 주변 사람들에게 의미 있는 삶과 죽음을 준비하며 살아가길 바란다. 죽음은 극복해야 할 실패도, 창피한 일도 아니다. 오히려 그것을 이해하고 받아들임으로써 삶의 선명함을 되찾을 수 있다. 살아있을 때, 아직 할 수 있을 때, 고맙다, 사랑한다는 말을 전하며 하루하루를 충실히 살아가길 바란다.

사전연명의료의향서

나는 2018년 1월부터 병원 정책인 임금피크제* 도입에 따라 간호정책관이란 애매한 명칭으로 2년간 더 근무했다. 솔직히 쉽지 않은 시간들이었다. 그러나 다행인지, 간호사로서의 마지막 고생인지 그해 2월부터 우리나라에서 연명의료결정법이 시행되었다. 병원은 그에 대처하기 바빴다. 가정간호사업팀에서 팀장으로 일할 때부터 관련 부서와 긴밀한 관계를 가지고 일했으므로, 바로 부서를 옮겨 병원에 연명의료결정법 정착을 위한 준비 작업부터 교육과 사전연명의료의향서를 작성하기 위한 내담자 상담까지 하게 되었다.

처음엔 나에게도 '연명의료'나 '사전연명의료의향서'라는 용어가 낯설었다. 의료인에게도 법적인 내용과 절차를 정확히 전달하고 교육하는 것이 쉽지 않았으니, 비의료인에게는 더욱 어려웠다. 나는 이 부록으로 본문만으로는 이해하기 어려웠을 개념들을 한 차례 더 설명하고자 한다.

사전연명의료의향서란, 훗날 임종이 예측될 상황을 대비해 무의미한 생명 연장 시술이나 호스피스 이용 등에 대한 의사를 미리 밝혀두는 문

* 일정 연령이 된 근로자의 임금을 삭감하는 대신 정년까지 고용을 보장하는 제도.

서다. 즉, 직접 자신의 의사표현을 할 수 없을 임종기를 대비하여 연명의료에 대한 본인의 의사를 미리 밝혀두는 문서이다.

임종기에 연명의료 여부를 결정하기 어려운 이유

임종이 가까울수록 환자의 에너지 수준이 현저히 저하된다. 통증 조절이 어렵거나 호흡 곤란이라도 있으면 중요한 대화나 의사결정을 하기는 더욱 힘들고 그때는 그저 고통에서 벗어나고 싶은 마음뿐인지라 진정한 의사표현이라고 보기 어렵다.

사전연명의료의향서 작성에 관한 사항

사전연명의료의향서는 만 19세부터 작성이 가능하며 반드시 본인이 설명을 듣고 직접 서명해야 한다. 또한 언제라도 작성, 변경, 철회 가능하다(신분증 필참).

내가 작성한 사전연명의료의향서를 본인이나 의료진이 확인하는 방법

자신의 사전연명의료의향서는 국립연명의료관리기관 홈페이지(www.LST.go.kr)의 '나의 사전연명의료의향서 조회하기'에서 확인할 수 있다.

의료기관에서도 조회할 수 있으나, '의료기관윤리위원회'가 설치된 병원에서만 가능하다. 사전연명의료의향서를 작성했더라도 병원에 의료기관윤리위원회가 있어야 연명의료를 유보 또는 중단할 수 있다. 의료기관윤리위원회가 아직 없는 요양병원도 많다. 요양병원을 이용해야 하는데, 그 병원에서 사망할 가능성이 높으면 미리 확인해야 한다.

의료기관윤리위원회 설치 현황: 상급종합병원 45개(100%), 종합병원 204개(61.4%), 병원 37개(2.6%), 요양병원 136개(9.7%)

집에서 사망할 경우에는 사전연명의료의향서나 연명의료계획서가 해당 사항이 없다

본인이 충분히 고심해 작성을 했더라도 가족들이 반대하면 연명의료를 할 수밖에 없다

사전연명의료의향서 작성 전후 가족과 충분히 대화해 자신의 뜻을 명확하게 표현하고 서류를 작성했음을 가족에게 반드시 밝혀야 한다.

사전연명의료의향서를 작성할 수 있는 곳

국립연명의료관리기관 홈페이지에서 확인할 수 있다. 국가생명윤리정책원, 국민건강보험공단(지사 포함), 일부 보건소, 일부 의료기관, 비영리 민간단체나 노인복지관 등에서 작성과 등록이 가능하다.

내가 진행했던 상담 절차

- **상담 장소:** 별도의 상담 공간이 있으면 좋다. 연로하신 분들은 집중하기 어렵고 난청이 있는 경우가 많으므로 조용한 공간에서 진행할 필요가 있다. 내담자가 개인적인 이야기를 하게 될 경우가 많으므로 비밀 유지를 위해서도 공간 확보가 중요하다.
- **상담 시간:** 최소 30분~1시간. 상담 전 (혹은 예약 시) 소요 시간을 미리 안내한다.
- **진행 순서**(방법)
  1. 상담사가 명찰을 보이며 상담사 자신을 소개한다. "○○ 소속 상담사 ○○○입니다(나의 경우 간호사임을 밝히기도 함). ○○○ 님의 서식작성을 도와드리겠습니다."

2. 상담사가 내담자에게 심각한 질환이 있는지 확인한다. 질병이 결정에 영향을 주었을 가능성이 높으면 진짜 자신의 마음인지, 고통의 회피 수단인지, 경제적 어려움 때문인지, 진정 자신이 고심하여 내린 결정인지 스스로 점검하게 한다.
3. 사전연명의료의향서를 알게 된 경로를 확인한다. 의향서에 대한 이해 정도, 의향서를 쓰기로 결심한 시기와 작성을 실천하게 한 결정적인 계기에 대해 묻는다.
4. 상담사가 내담자의 이해 정도를 확인하며, 단락마다 이해 여부를 확인한다. 어려운 부분에 한해서는 반복적으로 설명한다. 대부분 문서 작성 후부터 오랜 시간이 경과한 후에 임종을 맞게 되므로 상담사는 내담자의 기억에 남을 수 있게 상담을 진행해야 한다. 내담자 또한 내용을 충분히 인지해야 한다.
5. 상담사는 내담자가 동의할 경우 중환자실에서 시행하는 심폐소생술, 인공호흡기, 혈액투석 장면을 동영상으로 보여주며 설명한다.
6. 서명까지 완료하여 작성하고 나면 즉시 국립연명의료관리기관에 전산 등록하고 출력물과 설명문을 봉투에 넣어 제공하며 가족들에게 공유하라고 권고한다(이해나 준비가 덜 된 내담자에게는 무리하게 작성을 유도하지 않고 충분히 숙고할 시간을 준다. 서면자료를 제공하고 타 의향서 등록기관을 안내한다).
7. 작성 약 2주 후 국립연명의료관리기관에서 우편으로 [사전연명의료의향서 등록증]이 배송된다.

연명의료결정제도

연명의료결정제도는 연명의료를 시행하지 않거나 중단할 수 있는 기준과 절차를 마련해 국민의 자기결정권을 보장하고 삶을 존엄하게 마무리할 수 있도록 지원하는 제도다.

연명의료결정법을 왜 만들었는가?

연명의료결정법의 배경이자 존엄사 논란의 시발점인 보라매병원 사건(1997)의 핵심논쟁은 '회복 가능성'이다. 당시 법원은 해당 의료인에게 살인방조죄를 판결하고 "회생 불가능한 환자일지라도 사망의 순간까지 생명연명장치를 환자에게서 떼어낼 수 없다."라고 고시했다. 몇 주 만에 각 병원 중환자실은 퇴원하지 못하는 환자들로 마비 상태가 되었고 의료계는 방어적 진료를, 환자의 가족들은 의료에 집착하게 되었다. 연명의료결정법은 보라매병원 사건 이후로 왜곡된 삶의 마무리 단계 돌봄을 바로잡고자 마련된 법률이다.

연명의료란 무엇인가?

'연명'이란 목숨을 근근이 이어 감을 말한다. 따라서 연명의료는 임종과정(사망에 임박한)의 환자에게 의료 시술의 내용(종류)이 아니라 적용 시점과 목적에 따라 연명의료 여부가 결정이 되며 심폐소생술, 인공호흡기 장착, 혈액 투석, 항암제 투여, 체외생명유지장치,* 혈압상승제 투여, 수혈, 그밖에(2019.3.28 개정) 치료 효과는 없는데 고통스런 임종과정의 시간만 무의미하게 연장하는 것을 말한다(허대석, 《우리의 죽음이 삶이 되려면》, 글항아리(2018), 73~74쪽 참조).

심폐소생술을 하면 모두 소생할까?

갑작스런 심장마비인 경우 재빨리 심폐소생술을 잘하면 소생이 된다. 그래서 '소생술'이다. 하지만 심각한 기저질환으로 오랜 시간 병원에 입퇴원을 반복하고 중환자실에서 중환자를 위한 여러 의료 처치 및 시술을 받던 사람이 서서히 중요 장기들이 망가지던 중 발생한 심장마비는 심폐소생술로 소생이 잘 안 된다. 어렵사리 심장이 다시 뛰도록 한다고 해도 몇 시간 또는 며칠 못 가서 다시 멈추게 되고 환자의 몸은 만신창이가 된다.

인공호흡기가 무엇인가?

스스로 호흡할 수 없는 경우 기도(숨길) 유지를 위한 튜브를 입에 삽입하고 기계를 연결해 호흡하게 하는 것으로, 일반적으로 생각하는 산소마스크와는 다르다.

혈액투석은 이제 하면 안 되는 것인가?

사전연명의료의향서를 작성하러 온 내담자들이 많이 하는 질문이다. 이 법에서 언급하는 혈액투석은 치료적 투석을 말하는 것이 아니라 이미 온몸의 장기가 기능이 다하여 죽음이 임박한 상태에서 기계를 달아 24시간 투석을 시작하는 경우를 말한다.

* ECLS(extracorporeal life support), 에크모라고도 한다. 산화 장치를 통해 체외에서 심폐 기능을 보조하는 기기. 인공호흡기로 대처할 수 없는 심각한 심부전증 환자 등에 사용한다(다음백과).

항암제 투여를 중단해야 하는가?

말기암 환자에게 더는 항암 효과가 없어지면 환자는 급격히 쇠약해지면서 누적된 부작용으로 고통이 심해진다. 서울대병원 허대석 명예교수는 이때부터는 항암주사를 맞지 않고 가족과 더 많은 시간을 가지면서 삶을 정리해야 한다고 강조한다. 혹시 더 좋은 치료가 나와서 살 수 있지 않을까, 그래도 얼마간은 더 버틸 수 있지 않을까 하는 기대에 항암제를 포기하지 못하고 사망 직전까지 항암주사를 맞는 것은 고려해 봐야 한다.

혈압상승제(승압제)라는 것을 들어 보았는가?

승압제는 혈압이 비정상적으로 낮아질 때 혈압을 강제로 올려주는 약물이다. 우리 몸에 가장 중요한 장기인 뇌, 심장 등에 우선적으로 혈액을 보내려다 보니 손이나 발에 순환이 잘 안 되어 검게 괴사되거나 부종이 생기는 부작용이 있다. 서울대병원 이진우 교수는 "중환자실에서 치료받는 모습을 본 적이 있는가? 실제로 환자, 보호자들이 미리 중환자실을 볼 기회가 없기 때문에 어떤 건지 모르고 결정하는 경우가 많고 연명의료를 하기로 결정이 되면 중환자실에서 치료받게 되는데 대개는 '이런 줄 알았으면 연명의료에 동의하지 않았다.'고들 한다. 중환자실에서의 임종은 존엄한 죽음과는 거리가 멀다."라고 했다.

연명의료를 안하기로 결정한 이후는 어떻게 하나?

연명의료를 안 하기로 결정하면 환자에게 아무 처치나 치료를 안 하고 고통 중에 방치할까 봐 걱정하는 이들이 있다. 절대 그럴 수 없다. 그래서도 안 된다. 필수 의료인 통증완화, 수액 공급, 산소의 단순공급 등의 돌봄은 계속된다.

연명의료결정법 속 용어

이 법의 제1조(목적)은 "이 법은 호스피스·완화의료와 임종과정에 있는 환자의 연명의료와 연명의료중단등결정 및 그 이행에 필요한 사항을 규정함으로써 환자의 최선의 이익을 보장하고 자기결정을 존중하여 인간으로서의 존엄과 가치를 보호하는 것을 목적으로 한다."이다.

- 임종과정에 있는 환자: 회생 가능성 없고, 치료에도 불구하고 회복되지 않으며, 급속도로 증상이 악화된 상태로 담당 의사와 전문의 1인이 사망에 임박한 상태라고 판단한 상태(대개 사망 1~4일 전).
- 연명의료중단등결정: 임종기 환자의 의사意思에 따라 연명의료를 시행하지 않거나(유보) 또는 중단하는 결정. 안락사나 존엄사와 다르다.

말기환자末期患者는 임종기 환자와 다른가?

말기환자는 '적극적인 치료에도 불구하고 근원적인 회복의 가능성이 없고 점차 증상이 악화되어 수개월 이내에 사망할 것으로 예상되는 환자'다.

식물상태에도 연명의료를 중단할 수 있나?

안 된다. 의식이 없거나 본인의 의지대로 움직이지 못하는 식물상태의 환자는 말기환자가 아니다. 식물상태 환자는 기본적인 돌봄을 잘하면 십수 년도 살 수 있다. 물론 식물상태여도 결국엔 전반적인 장기 기능이 떨어지며 사망에 이르는데, 사망에 임박했을 때는 연명의료를 할지 말지 결정해야 한다. 해당 환자의 담당 의사와 해당 분야 전문의 1인이 '임종과정에 있다.'고 판단하면 연명의료 중단의 대상이 될 수 있다.

어떤 모습으로 임종을 맞고 싶은가?

개인의 선택이지만 자기 목숨에 대해 평소 생각해 보지 않고 의사에게 무조건 생명을 내맡기지 않길 바란다. 임종 직전에 잠시 확 살아나는 듯한 현상을 보이는 경우가 있는데, 이런 현상이 나타났다고 해서 소생에 대한 헛된 희망으로 연연하거나 돌아가신 후 '그때 적극적으로 치료를 해볼걸.' 자책할 필요 없다. 설령 그렇게 몇 분 또는 몇 시간 목숨이 붙어 있을지라도 그 순간이 고인의 고통의 시간만 연장한 것은 아닌지, 누구를 위한, 무엇을 위한 시간인지 깊이 돌아볼 일이다.

연명의료중단등결정을 위한 서식(본인의 결정)

	연명의료계획서	사전연명의료의향서
주체	환자 요청+의사	본인(자기결정권 존중)
작성시기	말기~임종기 현재의 심각한 의료적 상황 설명	19세 이상, 어느 때나 의료문제±, 의료적 설명 ×, 사고나 질병 모두 대비하여
비용	유(본인부담)	무
설명의무	담당 의사	등록 상담사
작성 및 등록처	의료기관윤리위원회 설치 병원	보건복지부 지정 사전연명의료의향서 등록기관

- 부록 2 -

나의 유언장

1. 성명 : (인)

2. 주민등록번호 :

3. 주소 :

4. 작성일 : 년 월 일

5. (작성)장소 :

1. 사랑하는 사람들에게 남기고 싶은 말

1) 부모님에게

2) 형제자매에게

3) 자녀에게

4) 친구들에게

2. 사후 유산 처리 문제

(기증, 분배. 남은 가족에게 처리 부탁 등)

3. 그 밖에 남기고 싶은 말

각당복지재단에서 실시한 '청소년 죽음준비교육' 교재에 수록된 유언장이다. 유언의 효력이 인정되기 위해서는 다음의 유언능력을 갖추어야 한다. ① 올바른 판단이 가능할 것 ② 만 17세 이상 ③ 상속 결격사유에 해당하지 않는 자이다.

언젠가 사라질 날들을 위하여

초판 1쇄 인쇄 2024년 11월 29일
초판 1쇄 발행 2024년 12월 12일

지은이 오은경
펴낸이 유정연

이사 김귀분
책임편집 정유진 **기획편집** 신성식 조현주 유리슬아 서옥수 황서연 **디자인** 안수진 기경란
마케팅 반지영 박중혁 하유정 **제작** 임정호 **경영지원** 박소영

펴낸곳 흐름출판(주) **출판등록** 제313-2003-199호(2003년 5월 28일)
주소 서울시 마포구 월드컵북로5길 48-9(서교동)
전화 (02)325-4944 **팩스** (02)325-4945 **이메일** book@hbooks.co.kr
홈페이지 http://www.hbooks.co.kr **블로그** blog.naver.com/nextwave7
출력·인쇄·제본 (주)상지사 **용지** 월드페이퍼(주) **후가공** (주)이지앤비(특허 제10-1081185호)

ISBN 978-89-6596-679-1 03810